마흔 이후
나의 가치를 발견하다

소노 아야코 컬렉션 02

마흔 이후

나의 가치를 발견하다

소노 아야코 지음
오경순 옮김

차례

단지 인간 그 자체만이 존재할 뿐이다

중년 이후 사람의 마음에 대해 오래 전부터 써보고 싶었다. 다시 말해 미숙하지 않고, 유치하지 않은 사람의 마음을 말이다. 물론 나이가 들어도 누구나 마음 한구석에 어린 시절 그대로인 부분이 남아 있게 마련이다. 하지만 성서에서 성 바울은 어린아이와 어린아이 같은 사람의 차이를 적절하고도 분명하게 잘 지적하고 있다.

"생각하는 데는 어린아이가 되지 마십시오. 악한 일에는 어린아이가 되고, 생각하는 데는 어른이 되십시오."(고린토 1서 14장 20절)

이 글에서 가끔 성서를 인용하는 경우가 있을 텐데, 성서로 설교를 하려는 의도는 전혀 없다. 가톨릭계 학교에 다닌 나로서는 불교 경전에 대해서는 아는 바가 없어 어쩔 수 없이 성서를 인용하는 것이기도 하지만, 대체로 성서를 인용하는 경우는, 성서에 이렇게도 재미있는 의외의 사실이 있다는 점을 언급해보고 싶은 때일 것이다.

한때 일본의 교육은 "지혜에 있어서는 어른이 되라"고 하는 것조차도 가르치지 않은 때가 있었다. 아무리 나이가 들었어도 어린애와 같은 순수함을 지니고 있어야 좋다고 하는 사고 일변도였다.

이 점에 있어 성서는 다르다. 어린아이 같은 면은 버리고 확실하게 어른의 견해를 갖는 것이 바람직하다고 보고 있다. 그것은 쉽게 말해 복잡한 견해를 가능토록 하는 능력의 문제이다.

성서는 다음과 같이 요점을 잘 지적해주고 있다. 나쁜 짓을 하는 것에 대해서는 '어린아이 같아라' 라고 한다. 예외가 있을지도 모르나 통상 어린아이는 은행 강도 같은 짓은 하지 않는다. 아니, 요즈음의 약고 조숙한 어린애는 혹시 기관총을 갖게 되면 은행을 습격할는지도 모르지만 어음 사기, 내부 거래, 항공기 탈취 등은 역시 어린아이에게는 불가능한 것이다. 그러므로 범죄에 관한 한 어린아이 같아야 마땅하다.

그러나 사고방식에 있어서는 어린아이 같아서는 안 된다…. 성서 공부를 할 때 나는 "어린아이다울 수는 있어도 어린아이 같아서는 안 된다"고 배웠다. 나는 사이가 좋지 않은 부모 밑에서 늘 불화로 시끄러웠던 가정에서 자랐기 때문에 어려서부터 다른 아이들과는 달리 조숙했던 것 같다. 어렸을 때도 아이답지 않았다. 그러나 어린아이가 지나치게 앞서가는 것은 좋지 않다. 아이 때는 아이답게 자라고 어른이 되어서는 어른의 사고를 갖는 것이 좋다. 하지만 매사를 좋은 쪽으로 생각하는 편인 나는 일찍부터 어른스러웠기 때문에 어른이 되어서는 오히려 더 편했다고 생각한다.

몇 살부터 어른이라 말할 수 있을지는 잘 모르겠다. 나는 조숙했지만 이십대에는 정확하게 사물을 판단하는 능력이 거의 없었다. 좋은 예로 이십대 때 나는 요즈음처럼 신문을 읽는 일이 재미있다고는 생각하지 못했다. 신문은 누구나 다 살 수 있으나 그것을 읽고 이해하는 것은 자신만의 능력이다. 지금도 나는 경제면을 이해하는 능력은 충분치 못하나 그래도 이십대 시절과 비교해보면 외국의 뉴스든 정치면이든 나 자신의 안목으로 신문 기사를 읽을 수 있게 되었다.

청춘은 아름답다고 가끔 못 이기는 척 억지스런 입발림 소리를 하기도 하는데, 곰곰이 생각해보면 나의 마음은 솔직히 전혀 그렇지 않다. 내 감각으로는 청춘이란 어딘지 모르게 '탐욕스러운' 부분이 있다. 진로도 결정 못하고 이성의 존재에는 과민하게 신경이 날카롭고 얼토당토않게 우쭐거리다가도 어느날 갑자기 자신감을 잃어버리기도 한다. 그러나 우리들은 우쭐거릴 정도의 능력도, 상실할 정도의 자신감이나 재능도 애초부터 갖고 있지 않았기 때문에 그렇게 의욕에 넘쳐 잘난 체하는 것은 왠지 낯 뜨거운 일이다.

언제부터를 중년이라 할 수 있을까? 요즈음은 일반적으로 사람들이 늙지 않는 것 같다. 영양 상태가 좋아서 활동 능력을 계속 유지할 수 있는 것이라고 말하는 사람도 있으나 달리 표현하면 언제까지나 늦깎이 인생을 살아가고 있는 것인지도 모른다.

그래서 청춘은 삼십대 초반까지 계속되고, 사십대에도 아직 청춘이라 말하는 사람도 없는 것은 아니지만 나는 일단 삼십대 중반부터는 중년이라고 생각한다. 그리고 내 상식으로 중년의 끝은 오십대까지라고 생각하지만 이것에도 반론을 제기하며 육십대도 아직 코흘리개 철부지라는 억지 주장을 펴는 사람도 있다. 하지만 지나치게 젊은 체하지 않는 것이 좋지 않을까 싶다.

어쨌든 각자의 생각이야 어떠하든 상관 없다. 나의 경험으로는 내가 사람들에게 관심을 갖기 시작한 것은 거의 중년 이후가 되어서이다. 청춘기 때는 머리가 아무리 뛰어난 수재라 하더라도 대체로 인간적인 매력의 깊이를 느끼기 어렵다. 그러나 이런 사람도 중년이 되면 어딘지 모르게 깊은 맛을 느끼게 하는 경우를 종종 보아왔다. 중년이 되어서야 비로소 사람은 '인간' 이 되는 것일까.

젊은 시절 인간의 사고는 예컨대 단순한 반사 작용이다. 내게 실연이 닥쳐왔을 때 실연은 단지 실연일 뿐이다. 실연이 오히려 잘된 일일지도 모른다고 생각할 수 있는 사람은 우선 거의 없다. 학문적으로 우수한 사람은 얼마든지 있을 수 있다. 언젠가 만났던 교수는 세계적으로 저명한 학자임에도 불구하고 자신이 몸담고 있는 대학의 대학원 시험 문제를 보고 너무나 어려워서 '내가 과연 풀 수 있을까' 하고 의아해했다고 한다. 그런 학문적인 지식쯤은 익히 알고 있는 젊은이들도 얼마든지 많다.

그러나 시간이란 냉엄한 것이다. 아무리 급해도 시간만큼은 조작이 불가능하다. 공들여 시간을 비축해서 카세트나 비디오 테이프의 빨리 감기처럼 빠르게 다른 사람의 곱절을 체험할 수는 없다. 당연한 일이나, 젊었을 때는 아직 많은 사람을 만나지도 못했다. 그리고 사람이란 지금까지 자신이 만났던 사람의 수만큼 현명해지게 된다. '사정은 잘 알겠습니다' 라는 말이 있다. '잘 먹었습니다' 라든가 '자, 또 만납시다' 라는 말과 같이 내가 좋아하는 말들 중의 하나다.

우리들은 보통 상대방의 사정을 사실은 잘 모른다. 나는 어떤 작가가 전집을 낸다거나 사망한다거나 하게 되면 그 사람에 대해 글을 써달라는 주문을 받기도 하지만, 조사(弔辭) 외에는 써본 적이 없다. 그 이유는 그 사람에 대해서 잘 모른다는 생각이 강하기 때문이다.

나에 대해서 그래도 어느 정도는 알고 있지 않을까 하고 생각할 수 있는 사람은 결국 남편 정도일 것이다. 나의 아들도 열 여덟 살 때, 지방 대학에 진학할 것을 결정했고, 나 역시 부모 자식은 언젠가는 기분 좋게 헤어지는 것이 자연스런 것이라고 생각하고 있었기 때문에 기꺼이 찬성하며 보냈다. 따라서 내 아들이라고는 하지만, 헤어진 이후의 아들의 정신적인 성장이나 변화에 대해서는 거의 모르는 것이 당연하다.

타인이란 이처럼 모르는 부분이 많은 것일 텐데, 자기 스스로 타인에 대해서 모른다고 자각을 하고 있는 사람은 극히 드물다. 대부분의 사람들이 몇 안 되는 적은 데이터를 가지고 타인에 대해서 수많은 말을 한다. 그리하여 더더욱 사실로부터 멀어져가고 만다.

가끔 타인의 사정을 어느 정도 알 수 있는 경우도 있다. 그 사람이 어떻게 돈을 벌었는지 또는 어떻게 돈을 잃게 되었는지와 같은 단순한 이야기라면 친구의 보증을 서서 돈을 잃었다든지, 형의 사망으로 유산을 혼자서 몽땅 물려받았기 때문에 갑자기 큰돈을 손에 쥐게 되었다든지 하는 간단한 사정 정도의 이야기 말이다.

그러나 그러한 사정조차도 진정으로 이해할 수 있는 시기는 중년 이후이다. 사정을 알게 되면 쉽사리 착한 사람이다, 나쁜 사람이다라는 식으로 규정지을 수 없게 된다. 나쁜 짓을 저지른 것은 분명하지만, 그 배경에는 어렸을 적부터 이런 저런 불행을 체험했기 때문일 거라는 등의 이유도 이해할 수 있게 된다. 그렇게 되면 '저 녀석은 악마다' 라는 말 따위는 절대로 할 수 없게 된다. 반면에 늘 착한 사람에게서는 인생을 정말로 이해하고 있는 것일까 하는 의구심을 품게 되기도 한다. 남에게는 친절하면서도 자신의 친인척이 불행에 처했을 때는 나 몰라라 하는 사람도 세상에는 얼마든지 많다. 그러한 사실을 알게 되면 '법 없이도 살 수 있는 착한 사람이지요' 라는 말은 도저히 할 수 없게 된다.

중년이란, 이 세상에 신도 악마도 없는 단지 인간 그 자체만이 존재한다는 사실을 깨닫게 되는 시기이다. 인간인 이상 누구도 완전할 수는 없다. 저마다 버릇과 고집이 있게 마련이며 완벽함이란 있을 수 없다. 멋모르고 날뛰며 만용을 떨칠 것인가 혹은 겁쟁이가 될 것인가 둘 중의 하나이다. 만용이 좋은가 겁쟁이가 좋은가는 딱히 한마디로 말할 수 없는 성질의 것이다. 단지 분명한 것은 만용이 일의 추진과 해결에 효과적인 경우도 있고 겁쟁이가 안전을 유지하며 시간을 벌어주는 경우도 있을 수 있다는 것뿐이다.

모든 것은 사용하기 나름이라고 나는 생각한다. 하지만 이 말의 애매함을 이해하는 것은 여간 어려운 것이 아니다. 사람들은 매사를 간단하게 흑백으로 규정짓고 싶어한다. 특히 매스컴은 착한 사람과 나쁜 사람을 가리고 싶어한다. 이 원고를 쓰고 있는 지금도 후생성의 사무차관과 심의관이 양로원 건설을 둘러싸고 뇌물을 받은 것에 대해 신문 기사들은 한목소리로 이들을 다그치고 있다. 공무원이 정당하지 않은 돈을 받은 것을 비판하는 일만큼 쉬운 문제는 없다. 사회 어느 곳에서도 반대 의견이 나올 수 없기 때문에 매스컴도 안심하고 공격하는 것이다.

예전에 배운 좋은 속담 하나가 기억난다. "도둑에게도 다 나름대로 이유가 있다"라는 것이다. 젊었을 때는, 도둑질 하는 사람은 죄다 그 근본이 썩었기 때문이라고 믿어 의심치 않았다. 그러나 점점 나이를 먹어감에 따라 오늘 당장 먹을 것이 없으면 훔칠 수도 있지 않을까 하는 막연한 생각을 하게 되었다.

그러나 중년에 들어선 무렵 개발도상국들을 여행하게 되면서 그 이외의 다른 이유가 있다는 것도 알게 되었다. 그 한 가지는 베풀 수밖에 없도록 하는 상황이 만들어진다는 것이다. 일반적으로 어느 정도 돈이나 물건을 갖고 있는 사람이 그보다 덜 갖고 있는 사람에게 자발적으로 나누어주는 것이 베푸는 행위이다. 그러나 그중에는 상대가 '드리겠습니다' 라는 말을 하기도 전에 마음대로 가져가고 이에 대해 상대가 자신도 모르는 사이에 은혜를 베풀었기 때문에 부처님이 기뻐하실 거라는 등의 판단을 하는 나라도 있다는 것이다. 혹은 허점을 보이는 사람에게서 뺏어가는 것은 당연하다고 생각하는 도둑도 있고, 주위에서도 "그래 맞아. 나쁜 것은 자물쇠를 채우지 않았거나 멍하게 한눈판 사람이지"라며 도둑을 옹호하는 사회도 결코 적지 않다는 것이다. 다시 말해서 꼭 잠가두지 않은 서랍은 그 사실만으로도 누군가가 얼마든지 열 수 있는 것이기에 주의를 소홀히 한 물건을 누군가가 빼내가는 것을 보아도 잠자코 있어야 한다고 생각하는 사람이 이 세상에는 얼마든지 있다는 것도 알게 되었다.

'당신에게 드리겠습니다' 라는 말을 하지 않았는데도 몰래 가져가서는 '당신은 선행을 했기 때문에 틀림없이 부처님께서도 기뻐하실 겁니다' 라는 것도 사실은 있을 수 없다고 생각한다. 일반적으로 그러한 사회는 사회 보장 제도가 없는 대신에 일가 중에 가장 행복하고 경제력이 있는 사람이 일가의 모든 불운한 사람을 보살펴주게 되어 있다. 이러한 상부상조의 정신은 오늘날의 일본에서는 좀처럼 찾아볼 수 없다.

물론 사회가 제도를 만들어 국민의 기본적인 생활을 지켜주는 것이 옳다고 생각하며 그러한 구제 방법이 있다는 것에 감탄하기도 한다. 그러나 점점 더 궁금증이 더해만 간다. 긍정적으로 느껴지던 일들조차도 이런 경우 저런 경우를 생각하다 보면 단점이 보이기도 한다. 이럴 때 인간은 가치 판단의 체계가 혼돈스러워지고 좋은지 나쁜지도 단정하기 어렵게 된다.

이러한 혼란스러움, 바로 이것이 중년 세계에서 느낄 수 있는 은은한 매력이다. 지긋한 나이에 정의감만으로 세상사를 판단하게 되면 자칫 온전한 인간이 되지 못한다. 물론 국민의 세금을 자신의 안주머니에 챙겨넣는 공무원이 잘했다는 말은 아니다. 정의 또한 어린아이처럼 단순한 규칙으로서 이용되어지는 경우가 수없이 많다는 말이다. 인간성의 이해란 그보다는 더욱 고차원적이고 복잡한 것으로, 그러한 이해가 가능한 것도 중년의 지혜이자 안목이며 경험인 것이다.

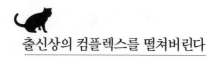

출신상의 컴플렉스를 떨쳐버린다

사람은 누구나 자신이 태어난 가정 환경에 대해 어느 정도 왜곡된 감정을 지니고 있다. 아버지를 존경하고 어머니를 사랑하며, 형을 따르고 언니를 소중히 여기는 가정도 없지는 않겠지만 진심으로 그렇게 말하는 사람이 있다면 왠지 거짓말 같다는 생각이 드는 것은 내가 비뚤어진 가정에서 자라났기 때문일지도 모른다.

사람은 대부분의 경우 어느 쪽으로든 한쪽으로 치우치게 마련이다. 아버지가 너무나 유명해 그만 주눅들어 자신의 뜻을 마음껏 펼치지 못한 아들도 흔히 있다. 어머니를 한 여자로 여기며 팽팽히 맞서 상처받은 딸이 있는가 하면 오빠에게서 이상적인 남성을 느껴 평생 자신의 남편을 사랑할 수 없었다는 여성들도 몇 사람 보았다. 그러나 대부분의 건전한 여동

생들은 우리 오빠 같은 사람과 결혼할 기특한 여자가 과연 있을까,라고 생각하며, 대부분의 남자들 또한 우리 누나를 데려가는 남자는 틀림없이 꾐에 넘어갔기 때문일 거라고 생각할 것이다.

나의 어머니는 외동딸인 나와 평생 함께 살 것으로 굳게 믿고 있었던 사람이었다. 나의 결혼 상대가 속이 넓은 사람이라 '같이 사는 것도 좋은 생각이지' 라는 식으로 무마되었기 때문에 잘 넘어갔으나, 나는 가끔 어머니의 독점욕에 질려버린 일도 있다. 이미 약간은 정신이 흐릿해져 그랬는지는 모르지만, 딸을 자신의 '소유물' 로 여기는 것에 전혀 개의치 않았던 어머니는 여행지까지 나를 수소문해 내가 강연중이라는 말을 들어도 "잠깐이면 되니 전화 좀 받으라고 말해주세요"라고 말한 적도 있었다.

그러한 어머니에 대한 반발심으로, 나는 나의 아들을 자유스럽게 해주는 것을 첫 번째의 의무로 생각하게 되었다. 나는 여자이기 때문에 어머니의 과보호 안에서 헤어나지 못했더라도 그다지 크게 문제 되지는 않았다. 그러나 아들이 어머니의 구속에 갇혀 있는 것만큼 딱한 일은 없다. 어머니와 아들은 적당한 시기에 서로 헤어지지 않으면 안 된다. 나는 이것을 아들이 어렸을 적부터 늘 마음속에 명심하고 있었다. 어머니와 함께한 생활의 체험이 나의 그런 결정을 강요했던 것이다.

그러기 위해서는 미리 조금씩 조금씩 연습하는 것이 필요하다. 서로가 상대의 존재 없이도 살 수 있다는 실감을 하게 되면서부터 각자 독립적인 생활을 시작하는 것이 이상적일 것이다. 나는 '사내아이는 그냥 내버려두어도 상관없다' 는 남편의 말만 믿고 아들에 대해서는 공부 방법부터 진학 문제, 교우 관계, 책 선택 방법, 돈 쓰는 방법까지 모든 것을 방치했다.

우리 부부는 아들이 열 여덟 살이 됐을 때 나고야의 대학으로 떠나 보냈다. 아들이 문화인류학을 공부하고 싶다고 했고, 꼭 가서 공부하기를 원하는 대학이 바로 나고야에 있었기 때문이었다. 나도 외아들과 떨어져 살아야 하는 적적함이 없었던 것은 아니지만, 아들의 선택은 부모 자식 간의 감정을 넘어서는 중요한 문제라는 생각이 들었다.

이러한 모든 것이 우리 집의 작은 드라마라 할 수 있다. 우리 부부처럼 아들과 멋지게 헤어지는 것이 부모의 임무라고 여기는 부모가 있는가 하면, 끈끈한 정을 느낄 수 있는 부모가 애초부터 없어 극도의 외로움을 달래며 지낸 아이들도 있게 마련이다.

우리들은 주변에서 좀처럼 원인을 짐작할 수 없는 가정 문제가 생기는 것을 보게 된다. 내가 직접 알고 있는 사람은 아니지만 쌍둥이인 두 아들 중, 한 아들만 지나치게 사랑하고 다른 아들에게는 약간의 증오심마저 갖고 있는 어머니가 있다는 소리를 들은 적이 있다. 그 두 아들은 겉보기에 아주 똑같았다. 생긴 모습이나 말하는 투도 다른 사람들은 구분할 수 없을 정도로 똑같았다고 한다. 학교 성적도 비슷해 한 사람은 천재 또 한 사람은 둔재도 아니었는데도 어머니는 한 아들만 사랑하고 다른 아들은 증오했다고 한다.

또 이와 마찬가지로 상황이 악화된 것을 전적으로 부모 탓이라고 늘 따져대는 딸이 있었다. 그 부모는 나도 약간은 안면이 있었는데 여느 집과 다름없는 보통 사람들이었다. 이상(理想)을 말하자면 한도 끝도 없겠지만, 온화한 성격에 상식 있고 남에게 폐가 되는 일은 하지 않으며, 경제적으로도 중류층의 생활을 하고 있는 그런 가정이었다. 그런데도 딸은 부모를 무척 비난했다.

정말 그렇게 나쁜 부모라 생각되면, 딸의 경우 어느 정도 나이가 들게 되면 미련없이 부모를 버리고 자립하면 그만이다. 내가 알고 있는 사람 중에 가출한 아들이나 딸이 적지 않다. 모두가 나중에 정상적인 부모 자식 관계로 돌아온 것을 보면 누구나 부모의 보호를 벗어나서도 살 수 있다는 것을 보여주고 싶은 때가 있는 것 같다. 그러므로 그들은 철이 드는 훌륭한 수행을 하고 돌아왔다고 나는 그렇게 생각하고 싶다.

나는 요즈음 95퍼센트의 가정이 비뚤어져 있다고 생각한다. 5퍼센트 정도는 자신의 가정이 건전하다고 말하는 사람이 있을지 모르지만, 자신의 가정이 건전하다고 단정하는 것이야말로 가장 비뚤어져 있는 경우일지도 모르는 일이다. 물론 우리 집도 당연히 95퍼센트의 가정 안에 포함되어 있다. 어느 때부턴가 나는 우리 집이 95퍼센트의 가정에 포함되어 있는 것을 당연한 것으로 받아들이게 되었다.

이상적인 가정이란 실은 존재하지 않을지 모른다. 누구나 어딘가에는 소홀하게 마련이다. 각가정마다 최선을 다해 열심히 하지 않으면 안 되는 목표가 다를 뿐이다. 집안의 가장이 오랜 기간 동안 병을 앓고 있으면 가족 모두는 간병에 온 힘을 쏟게 되며 경제적인 여유가 없어질지도 모른다. 분명히 그것은 어떤 의미에서는 일그러진 가정을 나타내고 있지만, 다른 각도에서 보면 대다수의 가정이 좀처럼 체험하기 어려운 심오한 인생의 의미를 병을 앓고 있는 아버지로부터 배우는 셈이 된다.

또 세상에는 아버지가 학창 시절에 수재였다는 사실만으로도 피해를 입는 아들들이 얼마든지 있다. 도쿄대 법학부를 졸업했어도 그다지 똑똑하지 않은 사람은 얼마든지 있으나, 아버지가 도쿄대 법학부를 졸업했다고 하면 대부분의 사람들은 아버지가 수재라는 사실에 별의심을 품지 않는다. 그러다 보면 도쿄대 법학부에 들어가지 못한 아들은 전적으로 못난 자식이 되고 만다. 현실적으로는 아버지보다 훨씬 융통성 있고, 머리 좋은 아들임에도 불구하고 그렇게 되어버리는 것이다. "저 집 아들은 아버지만 못해."라는 말들을 가차없이 아들에게 퍼붓는다. 아버지가 도쿄대 법학부 출신만 아니었면, 충분히 가치를 인정받을 수 있는 사립대에 들어갔음에도 불구하고 늘 아버지와 비교되는 것은 안타까운 일이다.

많은 사람들이 자신이 자라난 환경에 어느 정도 사연을 갖고 성장하게 된다. 사연이란 그 복받치는 감정을 쉽게 떨쳐버릴 수 없기 때문에 사연이라는 애매한 말을 쓸 수밖에는 없다. 그러한 사연 속에는 원망, 그리움, 단념, 분노 등이 실제로 미묘하게 혼재되어 한데 뒤엉켜 있는 것이다.

"그 정도라면 아무것도 아니잖아"라는 말투에 심각하게 상처받는 사람도 있다. "내게는 그것이 가장 괴로운 일이었어요." 그러나 부모 쪽에서도 자식이 별생각없이 하는 언동에 상처받는 경우도 많기 때문에 결국은 피장파장인 셈이다.

내 관점으로는 부모든 자식이든 경찰서에 들락거리는 일 등을 하지 않으면 그런대로 괜찮은 부모와 자식이 아닐까 하는 생각이 든다. 아내나 아들이 소매치기를 반복한다거나 아들이 사기 상습범이든가 아버지가 방화벽이 있다든가 하는 가정은 그야말로 헤어나기 힘든 괴로움을 느끼게 된다.

가장 딱한 경우는 가족 중에 정신 질환을 앓고 있는 사람이 있어, 어떠한 위로로도 풀리지 않는 외로움을 품고 사는 사람들을 볼 때이다.

'원조 교제'에 대해서 "뭐가 잘못이에요"라고 반문하는 딸의 말투에 당혹스러움을 느낄지도 모른다. 그러나 그러한 원조 교제와 같은 극단적인 일이 생기지 않는 이상, 그 가정은 지극히 보통의 가정이라 해도 별무리는 없을 것이다. 설령 약간은 비뚤어져 있다 할지라도.

지금부터가 이 글과 직접적으로 관련이 있는 부분이다.

우리들은 누구나 어릴 때 또는 청춘 시절에 불행이나 탈선 등의 영향으로 상처받으며 성장하게 되지만, 그러한 아픈 상처를 스스로 없애버리고 본연의 자신으로 돌아가는 것이 가능한 때가 바로 중년 이후인 것이다. 이런 점에서 중년 이후란 출신상의 컴플렉스를 스스로 떨쳐버리는 데 성공하게 되는 멋진 시기라 할 수 있다.

얼마 전, 어린 시절의 기억 때문에 언젠가 어머니가 자신을 죽이지는 않을까 하는 공포에 사로잡힌 사람의 이야기를 들었다. 그 사람은 어머니가 여동생을 죽이고 자살하려는 현장을 목격했다. 이런 저런 연유로 어머니도 살고 그 사람도 살게 되었으나, 그녀는 그런 일이 있은 후 줄곧 언젠가 자신은 어머니에게 살해될지도 모른다는 공포와 부모를 믿지 못하는 허망함에 휩싸여 점점 더 정신이 황폐해지게 되었다.

참 딱한 이야기라는 생각이 든다. 나도 어머니가 나와 함께 동반 자살을 하려고 했던 체험이 있기 때문에, 부모가 자식을 살해할 가능성을 부정한 적은 없다. 그러나 나는 어린애였지만 그 순간 살고 싶었기 때문에 어머니의 자살을 만류하였다. 그 이후에도 어머니가 돌아가실 때까지 말싸움은 가끔 했으나 마음 속 깊이 어머니의 여리고 착한 마음을 믿고 그런대로 사이가 좋은 어머니와 딸의 관계를 유지할 수 있었다.

인간은 10년, 혹은 20년의 세월이 흐르게 되면, 자신의 과거를 객관적으로 바라볼 수 있게 된다. 그 당시는 최악의 비극이었다고 느낀 일이 시간과 거리를 두고 바라보게 되면 그리 심각한 것도 아니었다. 오히려 이 세상에 흔히 있을 수 있는 일이었다는 생각마저 들기도 한다. 병, 전쟁, 동란, 천재지변, 대화재와 같은 극히 예외적이고 극단적인 경우에는 누구라도 이성을 잃을 수 있지만, 그 사회가 안정되면 결코 파괴적인 생각을 하지는 않을 것 같다.

즉 젊었을 때 사회나 가정, 부모로부터 받은 처사와 대우에 어떤 악의가 내포되어 있다 하더라도 10년, 20년의 세월이 지나면 그런 악의도 희석되는 것이 자연스런 추세이다.

그럼에도 불구하고 젊었을 때 받은 상처의 아픔을 중년이 되어서도 계속 호소하며, 거기에 기가 꺾여 더욱 상처받아 자멸의 상태에 이르게 된 것을 당연하게 받아들이는 나약한 사람도 있다. 자신의 왜곡된 성격, 가난, 병이 생긴 것이 부모의 책임이며, 가정 환경이 나빴기 때문이라고 계속 변명하거나, 혹은 대놓고 그렇게 말하지는 않더라도 결과적으로는 그러한 피해 망상에서 헤어나지 못하는 사람 말이다.

그러나 이러한 변명이 통하는 것도 기껏해야 십대까지일 것이다. 중년이란 이미 어른으로서 인정받고, 정신적으로 완전히 독립한 이후의 시간이 충분했던 인격을 지칭한다. 그러므로 일어난 일의 책임은 유전적인 질환 이외에는 전적으로 본인의 책임이다.

공부하기를 원한다면 독립한 후에도 얼마든지 가능하다. 실연의 아픔도 그 후에 만난 많은 여자들로부터 치유받을 수 있다. 자라난 환경의 미비로 육체적인 상처를 입었어도 몸의 부자유스러움을 메울 수 있는 정신적인 강인함을 체득할 수 있는 충분한 시간이 있었을 것이다. 그것이 가능한 것이 중년인 것이다.

중년은 용서의 시기이다. 노년과는 달리 체력도 기력도 아직 건재하며 과거를 용서하고 자신에게 상처 준 사건이나 사람을 용서한다.

예전에는 자신에게 상처를 입힌 흉기라고까지 생각했던 운명을, 오히려 자신을 키워준 비료였다고 인식할 수 있는 강인함을 갖게 되는 것이 중년 이후인 것이다.

과거의 불행한 기억을 갖고 있는 사람이라면 누구나, 그것을 자신만의 재산이나 비료로써 철저하게 자신의 것으로 승화시켜 작가도 될 수 있고, 어떠한 직업에도 적응할 수 있게 된다. 이에 반해 그러한 부조리를 국가나 사회 혹은 회사나 조직의 책임으로 간주하며, 그 불행의 원인에 맞서서 정의를 부르짖는 사람은 사회 운동가가 된다.

나는 욕심이 많기 때문에 불행이라는 얻기 힘든 사유 재산을 결코 사회에도 운명에도 세무서에도 돌려주지 않았다. 나는 그것들을 철저하게 비축해서 비료로 사용했다. 이러한 파격이 중년 이후의 나의 자세이다 .

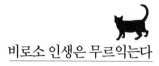

비로소 인생은 무르익는다

　우리들은 그저 나이를 먹어가는 것이 아니다. 살다 보면 살아온 만큼 사람들을 만나게 된다. 이것은 일종의 재산과도 같은 것이다.

　사람들을 통해서 나는 표현 방식까지 배웠다. 일반적으로 사람들은 상식 있고 얌전하며 성실하고 수준 높은 생활을 하는 것처럼 보이려고 애쓴다. 나도 물론 더욱더 기품 있어 보이려고 여러 가지 생활 방식을 보고 배웠다. 초라하게 보이지 않는 소매 길이, 비교적 다리가 멋지게 보이는 스커트의 길이 등 모든 것을 친구들에게서 배웠다. 소매 길이는 가볍게 팔꿈치를 오므린 상태에서 손목뼈가 드러나지 않는 길이로 한다든가, 다리가 굵어 보이지 않는 기본적인 스커트의 길이는 투박하고 보기 흉한 무릎 뼈가 알맞게 가려질 정도로 한다든지 하는 지식들이었다.

그러나 나는 동시에 이와 반대되는 표현도 사람들로부터 배웠다. 바보처럼 보이는 것, 뻔뻔스럽게 행동하는 것, 통속적인 면을 강조하는 것, 참 칠칠치 못하다고 느끼게 하는 것, 냉혹한 인상을 심어주는 것, 수전노처럼 행동하는 것, 이 모든 것들도 친구들에게서 배운 것이다. 그러한 요소가 없는 사람은 거의 없으므로, 그러한 요소들을 내 마음속에서 분명히 하는 것은 간단하고 자연스러웠으며, 내가 그렇게 행동하는 것에 대해 어느 정도 나쁜 평가를 받아도 사람들이 나를 착한 사람이라고 생각하지 않는 것에 오히려 마음은 편했다.

나에게 친구들이란 모두 살아 있는 선생님과 같은 존재이다. 하지만 나이가 들어갈수록 자신의 활동 범위를 더 좁히고 친구들과 멀어져가는 사람들이 꽤 많다. 가끔 이름도 밝히지 않고 일신상의 상담 전화를 나에게 걸어오는 사람들이 있는데 대부분은 그런 유형의 사람들로 보인다.

"심각한 사정이 있으시겠지만, 당신의 성격도 알지 못하는 제가 무슨 답변을 드릴 수 있겠습니까? 다른 사람의 의견을 듣는다는 것은 대단히 중요하다고 생각하고 있습니다만, 친한 친구에게 상담할 것을 권하고 싶습니다. 그렇게 하시는 게 좋을 것 같은데요."라고 하면,

"그러나 저에게는 그럴 만한 친구가 없습니다."라고 대부분 말한다.

낮에는 어쩔 수 없지만 저녁 이후에는 집에 혼자 있고 싶은 생각이 드는 때가 많다. 일본재단에 근무하게 됐을 때도 이런

성향 때문에 과연 직장 생활을 잘할 수 있을까 하고 고민도 많이 했다. 나는 사람 만나는 일을 두려워했고 파티 등에는 거의 참석해본 적이 없었기 때문에 새로운 직장에서 손님을 끊임없이 맞이하는 일을 과연 견뎌낼 수 있을지에 대한 불안감을 떨쳐버릴 수가 없었다. 그러한 두려움을 나는 나의 정신의 양면성을 잘 이용하여 직업으로서 받아들이니 그럭저럭 해결되었고, 생활에도 무난히 적응할 수 있었다.

내게는 지금까지 대여섯 명 정도 교제가 끊어져버린 사람이 있다. 상대가 먼저 나를 싫다고 한 경우와 내가 싫어한 것은 아니나 내가 피하게 된 사람의 경우이다. 그중 한 사람은 무척 재미있는 사람이지만 전적으로 생활 템포가 맞지 않아 소원하게 되어버렸다. 그녀는 오후가 되어야 일어나고 한밤중인 두 세 시에나 잠자리에 든다. 그러므로 우리 집에 놀러오게 되면 밤 한 두 시까지는 돌아가지 않는다. 내가 그 시간까지 자지 않고 있으면 다음 날 하루 종일 피로가 안 풀려 일을 할 수 없게 된다.

그러나 그 이외의 사람들과는 어렸을 때부터 지금까지 변함없이 친한 관계가 유지되고 있다. 내 나이 정도까지 교제를 하다보면 서로 얼마 남지 않은 인생이라는 것을 느끼고 있는 터라 대체로 '이런 악연'은 마지막까지 이어지리라는 생각이 든다.

내가 걱정하는 것은 관계가 깊지 않은 교제이다. 즉 약간 알고 있든지, 혹은 잘 알지 못하는 사람들과의 관계 말이다. 상대를 기분 나쁘게 하고 있는지 즐겁게 하고 있는 건지 전혀

감을 잡을 수가 없기 때문에 마음에도 없는 겉도는 애기를 하며 대화를 끝내기 일쑤다. 그런 점이 늘 마음에 걸린다. 대화란 결코 그러한 것이 아니라는 것을 잘 알고 있기 때문에. 대체로 좋을 것도 나쁠 것도 없는 어정쩡한 대화로 친구나 그 비슷한 관계가 되기란 불가능하다.

나는 개인적으로 대화에는 달콤한 말도 필요하나 쓴 말도 필요하다는 생각을 한다. 그것은 된장 구수한 집에서 만든 소박한 음식 맛 같은 것이기도 하다. 나는 마흔이 넘어서부터 많은 친구가 생겼는데 그 이유는 다양하고도 꽤 위험한 대화를 나눔으로써 서로의 입장을 확인할 수 있었기 때문이었다고 생각한다.

내 친구 두 사람의 경우는 서로 스물이 갓넘어 이집트의 나일강변에서 처음 만났다고 한다. 그 당시 두 사람은 '이런 곳에서 만나는 일본인 중에는 뭐 하는 사람인지 잘 알 수 없을 정도로 정처 없이 떠돌아다니는 뜨내기도 있고, 남을 등쳐먹는 사람, 사기꾼도 많기 때문에 정신 바짝 차려야지' 하며 서로를 경계하였다고 한다. 그래서 처음 만난 그 당시에는 서로 무뚝뚝하게 속마음을 드러내지 않았으며, 이런 저런 겉도는 이야기만 하고 헤어졌다고 한다. 그러나 몇 년 후 재회했을 때, 그 두 사람은 하는 일은 완전히 달랐지만 서로가 자신의 위치에서 열심히 노력하며 생활하는 모습을 발견하게 되었다. 그 둘은 자신처럼 상대방이 즐겁게 인생을 살아가고 있는 것에 존경심을 갖게 되었다고 한다. 그러나 아직도 두 사람은 서로가 느꼈던 그런 진실에 대해서는 입도 뻥끗하지 않았다.

지금도 두 사람은 만나면 대놓고 서로의 험담을 계속하지만, 그럴수록 우정은 점점 더 두터워지고 있다.

모든 것에는 시간이 필요한 법이다. 그러므로 중년 이후가 말 그대로 진정한 인생이다. 그저 단지 사교적인 만남을 위한 것이라면 언제든지 가능할 것이다. 그러나 내면으로부터 우러나는 두터운 인간적인 이해를 원한다면, 나 스스로 인간을 바라보는 안목을 갖추고 있지 않으면 안된다. 어떤 관점에서 사람을 판단하느냐에 대한 완숙한 기술은 젊었을 때에는 도저히 터득 불가능한 것이었다. 그러한 준비를 갖추게 되는 것이 중년 이후이다.

나는 직업상 젊었을 때부터 다른 사람들보다 좀더 많은 여행을 하였는데, 보통 사람이라면 가지 않을 만한 곳들까지 다녔다. 여행했던 나라 수를 세어보는 것은 하찮은 일이지만 그것을 의식하게 된 것은 재단에 근무하게 되었을 때 한 신문 기자가 외국 여행에 대해 내게 질문을 던졌을 때였다. 그때까지는 "몇 개국 정도 여행하셨습니까"라는 질문을 받을 때마다 나는 적당히 "한 칠, 팔십 개국 정도 될 겁니다"라고 대답했다. 그러나 문득 부정확한 나의 이런 대답 방식이 나의 업무상 허용되지 않는다는 생각이 들었다.

나는 허둥대며 세계 지도를 한 손에 들고 나라 수를 세었다. 구소련과 동, 서 독일을 어떻게 셀 것인가 하는 문제는 있었지만 현재 시점에서 독립국으로서 인정되는 국가는 하나의 국가로 세기로 하니, 구십 구 개국을 여행했다는 것을 알았다. 바로 일 년 전의 일이었다.

나의 대답을 들은 신문 기자 중에는 어디 어디인지 구체적 국가명을 물어온 사람도 있었다. 그런 나라에 갔었을 리가 없다고 의심해서가 아닐까 하는 생각이 든다. 하기야 그럴 법도 했다. 나 자신도 써보기 전까지는 믿을 수 없었기 때문이었으니까. 나는 재단의 비서실에 방문한 나라의 일람표를 자료로 준배해두었다. 덕분에 금년 이월에 가게 되는 라오스가 백 한 번째 나라가 된다는 것을 지금은 확실하게 알고 있다.

물론 여행한 나라의 수를 늘리기 위해 여행한 것은 아니다. 나는 성서에 관심이 있기 때문에 성서 세계를 밖에서도 옆에서도 바라보고 싶어 이스라엘뿐 아니라 사우디아라비아, 리비아, 레바논, 요르단, 시리아, 쿠웨이트, 아랍 연방국, 이집트 등지를 갔었다. 이런 나라들은 말하자면 사막과 셈 족을 실감하기 위해서였다.

또한 내가 이십 오 년 간 개인적으로 일해온 '해외일본인 선교사활동후원회' 의 기부금이 잘 사용되어지고 있는지를 조사하기 위해서 아프리카의 말리, 부르키나파소, 코트디브와르, 가나, 차드, 배냉, 짐바브웨, 스와질랜드, 모잠비크, 마다가스카르 등과 같은 나라에도 갈 수 있었다. 일본인 수녀들은 그러한 나라들의 시골 벽촌에서 학생들을 가르치거나 병원 간호사 일을 하고 있었는데, 나는 가는 곳마다 위험과 부자유를 무릅쓰고 일하고 있는 일본인들과 마음속으로 깊은 공감대를 갖게 되었다.

어쩌면 사람을 이해하기 위해서는 어떤 특별한 분위기가 필요할지도 모른다는 생각을 하게 된다. 현란하게 요염한 밤

벚꽃이 만발한 곳에서 누군가를 만난다면 약간은 특별한 감정으로 그 사람을 기억하게 되지 않을까. 그보다 먼저 현란한 밤 벚꽃 아래에서라면 사람들은 평상시엔 하지 않을 말까지도 하게 되는 것이 아닐까. '사쿠라 꽃 정취에 흠뻑 도취된' 특별한 감상이라고나 할까.

폭풍우의 한가운데, 훤하게 밝은 달밤, 얼어붙어버릴 것 같은 혹독한 추위 속, 모국어로 말할 사람이 아무도 없는 머나먼 이국의 벽촌 등지에서 인간의 마음은 보통 때보다도 더 절실하게 상대에게 다가가려는 자세가 된다. 이것이 내가 터득한 여행의 진정한 묘미이다. 나는 사람을 만났다라기보다는 오히려 사람의 영혼과 만났다. 이렇게 느끼기까지는 기나긴 세월이 소요됐다. 세상 사람들은 어떤 사람을 조금 알고 있는 것만으로, '인맥'을 운운한다. 하지만 나의 경우처럼 영혼의 시간을 공유한 친구는 '인맥' 이상의 존재이다.

동년배라면 같은 세월을 살아왔으므로 이제껏 만난 사람의 수도 엇비슷할 것이다. 작가란 본래 서재에서 혼자서 글을 쓰는 시간이 많겠지만, 의사, 미용사, 선생님이라고 불리는 사람들은 더더욱 많은 사람을 만날 기회가 있었을 것이다. 가게를 운영하는 사람은 날마다 새로운 사람을 만날 기회가 생긴다. 그러나 그러한 사람들이 인맥을 갖기 위해서는 다른 요소가 필요할 것이라 생각한다.

대단히 모순되는 말이지만, 인맥을 만들기 위해서 인맥을 이용해서는 안 된다. '그 사람이 나의 친구다'라는 말을 퍼트리게 되면 우정은 깨지고 마니까. 정말로 몹시 친한 사이라도 그런 사실을 비밀로 감춰두게 되면 우정은 계속된다. 그러나 나는 종종 이와는 반대로 행동하는 사람도 만났다. 바로 아무 개를 잘 알고 있다고 하면서, 아들의 취직, 소개장을 쓰는 일, 음악회의 참석, 축전(祝電) 등을 부탁하며 제멋대로 함부로 나서는 사람들 말이다.

인맥이란 아무리 이기적으로 생각해도 정보원으로 족하다. 다시 말해서 내가 모르는 무엇인가를 배울 수 있는 상대이다. 그것은 상대와 나만의 관계이므로, 내가 몰랐던 것을 알게 되면 감사하고 존경하며 예의를 갖추는 것만으로 충분하다. 둘만의 관계를 세상에 알릴 필요는 없다.

인맥을 정치적으로 이용해서도 안 된다. 친구라는 사실에 세속적인 부가가치를 겉으로 내세우려 해서는 안 된다. 그저 만나고 싶을 때 만날 수 있고, 이야기하고 싶을 때 시간을 할 애하며, 병이 났을 때는 진심으로 위로해주고, 남녀 관계를 초월해 예의를 갖추며 마음의 상처도 이야기할 수 있는 사람을 친구로 대하는 것이 진정한 인맥일 것이다. 나의 많은 친구는 바로 이와 같은 사람들이다.

젊었을 때는 인맥이란 있을 수가 없다. 사람은 지나온 날들을 통해서 그 사람을 알고 싶어하고 믿게 된다. 아무리 위대한 인물이라도 갓난아기 때에는 역사 소설의 주인공이 될 수 없다. 인맥의 기본은 존경이다. 나와 친구가 될 수 없었던 사람이 있다면, 그것은 나의 인격이 상대를 실망시켰거나, 내가 상대에 대해 갖고 있던 존경심을 상실한 때문이다. 그리고 존경심을 갖지 못한 상대는 인맥에 포함되지 않는다.

내가 친구에게 내세울 수 있는 유일한 보은(報恩)이란 친구의 일에 대해 일절 말하지 않는 것이었다. 한 친구가 이혼했다. 나는 그 사실을 알고 있었으나 수년 간 누구에게도 말하지 않았다. 그것이 공공연하게 드러났을 때—그들 부부는 유명인이었으므로—매스컴이 코멘트를 얻어내기 위해 나에게까지 왔다.

　"나는 저 사람들의 문제에 대해서는 일절 말하지 않겠습니다."

　라고 나는 말했다.

　"그렇지만 친하지 않습니까?"

　상대는 물고늘어졌다.

　"그렇죠. 친하기 때문에 말을 할 수 없습니다."

　나는 무덤까지 가져가려는 친구의 비밀이 몇 가지 있다. 나는 그 사람과 친하다고 말하지 않으며, 그 사람의 사생활에 대해서 말하지 않기 때문에 우정이 유지되어 왔다고 느끼고 있다. 그렇게 되기까지 모든 것에는 시간이 필요하다. 그러므로 중년 이후에야 비로소 인생은 무르익게 되는 법이다.

정의보다는 자비

북한의 황장엽 조선 노동당 서기가 북경의 한국 대사관에 망명한 사건을 보면서 만감이 교차한다.

사회주의가 자본주의와 비교해 훨씬 막강한 개인 권력을 만들 수 있는 구조라는 사실은 꽤 오래 전부터 잘 알고 있는 사실이었다. 하지만 어떤 소설가는 북한을 천국처럼 묘사한 사람도 있었고 아사히, 마이니치, 요미우리, 도쿄 신문 등 일본의 주요 신문 모두가 사회주의 열기에 오랫동안 들떠왔었던 것도 사실이다.

아주 평범하게 말해서, 우리들은 북한과 같은 나라에서 태어나지 않은 것만으로도 행복한 것이다.

1959년 12월 14일 재일 한국인 제일차 귀환선이 니가타(新潟)를 출항하였다. 이 배는 북한 적십자사가 전세낸 소련 선박 토포리스크 호와 크리리옹 호로 975명을 태우고 청진에 도착했다.

귀환자들을 태운 열차가 니가타 역에 들어오고 있을 때였다. '민단계 재일 한국인' 약 200여 명이 흰 머리띠, 흰 어깨띠를 두르고 역 구내로 우르르 몰려들어 임시 열차는 급정거하였는데 그들은 '폭도'로 취급되어 경찰 600명에 의해 해산되었다.

선상에서 웃는 얼굴로 손을 흔들던 부인들의 모습이 지금도 기념 사진으로 남아 있다. 그들 중에는 조총련계의 남편과 결혼했던 일본인 처도 있었다. 치마저고리 차림이 눈에 많이 띄는 것은 일본인 처들이 모국을 버리고 사랑하는 남편의 나라로 가는 것에 그들의 온마음을 다 바치고 있는 듯 비장한 각오처럼 비쳤다.

그러나 그 결과는 돌이킬 수 없는 운명에 빠져버리고 말았다. 일본인이 사회주의에 기대한 것은 '자유, 평등, 정의'라고 하는 것들이었지만, 지구상에서 현실로 나타난 사회주의 국가는 그러한 모든 희망과는 정반대의 방향으로 돌아가고 있었으므로.

위의 세 가지 단어 모두가 절실하게 마음에 와닿는 것이지만, 평등과 세 번째의 정의라는 말 사이에는 심리적으로 상당한 차이가 있지 않을까 하는 생각이 든다.

자유나 평등도 사실은 인간의 솔직한 욕망에 따라 움직인다. 다시 말하면 사람은 언제나 자기 마음대로 하고 싶어하는 것이다. 물론 '가능하다면'의 전제가 따르는 부분도 있으나,

일어나고 싶을 때 일어나고, 먹고 싶은 것을 먹고, 하고 싶은 것만을 하고, 누구에게나 개의치 않고 자신의 생각을 말하며, 좋아하는 놀이를 하는 것 등은 누구나가 바라는 것이다. 물론 드물게는 규제된 생활을 좋아하는 사람도 있을 수 있으나, 규제받는다는 것은 노예의 생활이며, 죄수의 생활과 다를 바 없다고 혐오하는 것이 대부분의 일반적인 생각이다.

평등도 마찬가지이다. 사람은 어렸을 때나 어른이 된 이후에도 앞에 놓인 빵이 여러 개라면 우선 잘 살펴보고 어느 것이 큰지를 재빨리 비교해서 큰 것을 선택하려 할 것이다.

평등이란 질투의 감정을 우아하게 표현한 것이다. 물론 질투의 영역을 초월한 진지한 평등도 있다. 겨우 연명할 수 있을 정도의 아주 적은 양의 식량을 나누는 경우나, 대등한 정도의 시민권을 함께 나누어 가지느냐 하는 경우에는 한마디로 질투라고 단정하기에는 어려운 중대한 요소를 포함하기도 한다.

그러나 정의라는 것이 최근 모든 분야에 걸쳐 대단히 중시되어온 것은, 나처럼 성격이 원만치 못한 사람이 보기에는, 사람들이 정의를 자신의 인간성이 훌륭하다는 것을 드러내기 위한 수단으로 생각하기 시작하면서부터가 아닐까 생각된다. 정의라는 것이 일본인에게는 물심양면의 여유 속에서 일종의 교양처럼 여겨지는 것이기도 하니까 말이다.

오키나와 전쟁에 대한 취재를 하면서 알게 된 사실 중 하나이다. 일방적인 미국측의 승전이었던 종전 직전에도 중요한 무기를 잃은 일본군의 게릴라적 대항은 여기저기서 산발적으로 계속되었다. 적군인 미군에 포위되면 일본 병사들은 최후로 군복 가슴에 꽂혀 있던 두발의 수류탄 중, 한 발은 적을 향해 던졌고 나머지 한 발로 자결을 결심했다고 한다.

미군측에서는 갑자기 날아온 수류탄이 그곳에 있는 수명, 혹은 십 수명의 한가운데에 떨어져 주위의 모든 사람을 살상시킬 것이라는 사실을 누구나 순간적으로 알 수 있는 것이다. 그때 그들에게는 무엇이 가능할 것인가. 아무리 승리를 목전에 둔 미군측이라 하더라도 몇 초 후에 폭발할 수류탄을 막을 재간은 없는 것이다.

그들에게 남겨진 길은 그대로 운명의 흐름에 목숨을 맡길 것인가, 그렇지 않으면 그들 중의 한 젊은이가 스스로 그 수류탄 위에 몸을 던져 자신의 육체가 산산조각이 나는 것으로 거기에 있는 전우 여러 명의 목숨을 구할 것인가 하는 두 가지의 선택 외에는 다른 방법이 없었다.

미군의 기록에는 인종, 종교, 교양이나 학력, 출신이나 자란 환경의 빈부의 차 등 그런 것들과는 전혀 상관없이 그처럼 스스로 자신의 생명을 버리고 전우를 구한 군인의 이름이 기록되어 있다. 한창 젊은 그들은 그 짧은 일, 이 초 사이에 많은 전우를 구하기 위해서 자신의 목숨을 내던지는 것을 누구에게도 강요받지 않고 스스로 선택한 것이었다.

정의란 그처럼 절박한 것이다. 결코 입으로만 그럴 듯한 것을 말하는 것이 결코 아니다. 서명을 한다든지 데모에 참가하는 것도 아니다. 자신의 목숨을 걸 수 있는가에 관한 문제인 것이다.

나는 이미 중년을 훨씬 넘어서 성서 공부를 시작했지만 성서의 그리스어 원문에서 처음 정의에 대해 진지한 개념을 알게 되었다.

대개 정의라고 하면 우리들이 언뜻 생각하는 것은 소수 민족이 평등하게 대우받는 것, 재판이 신중하고도 공평하게 행해지는 것 등이다. 그러나 성서에서 '디카이오쉬네'라는 그리스어로 표현되는 '정의'라는 말의 개념에는 그러한 뉘앙스는 전혀 내포되어 있지 않다고 해도 과언이 아니다. 물론 정확한 의미를 계속 따져들어가면 그런 의미에도 도달하겠지만 직접적인 의미에서 정의란 단지 '신과 인간과의 예절 바른 관계'를 의미할 뿐이다.

여기서 의미가 있는 사고는 신으로부터 인간에의 종적인 관계뿐인 것이다. 인간에게 중요한 것은 오로지 신에게 어떻게 보이는가 하는 것이지 세상의 평판이 아니다. 인간과 인간과의 횡적인 관계는 거의가 직접적으로는 평가의 대상이 안된다. 다시 말해서 사회나 세상 사람들에게 정의라고 인정되는 것과 같은 횡적 관계는 그다지 별의미가 없다는 것이다.

정의란 결과적으로 인간이 평가할 수 없는 것이다. 인간의 평가에 내맡기다보면 다분히 이기적인 것이 되므로. 자신의 취향에 맞는 것이 정의이고 그렇지 않은 것은 악이라고 말하는 일본 적군파의 논리와 같은 것이 된다.

정의란 세상 사람들이 풍문이나 평판으로서 판단하는 것과는 거의 관계가 없는 것이다. 정의란 드러나지 않는 심적 드라마와도 같다. 사람들이 정당하다고 하는 것도 신의 안목으로 보게 되면, 어딘가에 권력의 추종이나 비겁한 계산이 들어 있는 행동도 있고, 세상 사람들이 전적으로 반대하며 탄압하는 쪽에서 행동해도 신이 기뻐하는 경우가 있다.

현재 내가 일하고 있는 재단은 후생성의 오카미쓰(岡光) 전 사무 차관의 오직(汚職)에 복잡하게 연루된 사회 복지 그룹이 세운 양노원에도 보조금을 내고 있다.

그 사실이 표면화된 날에 재단은 특별 기자 회견을 하였다. 재단의 감사부는 '어딘가 미심쩍은 부분이 있다'고 여러 번 느낀 적이 있어 관할 관청에 질문을 하고 조사 의뢰를 하고 있었다. 그것에 대해 관할 관청은 재단측의 의심은 서류상의 미비로 본질적인 문제는 아니라고 답변해왔었으나 그래도 개운치 않은 점이 남아 금년도 분의 지불을 연기하고 있었던 터였다.

그날 기자 회견에서 한 기자가 문제의 양노원 건설에는 그러한 탐탁치 않은 배경이 분명히 드러났으므로 재단이 원조를 중단하는 쪽으로 방향을 돌릴 것인가 하는 질문을 했다. 그 말 속에는 오직(汚職)과 연관되어 있으므로 정의를 위해 보조금은 중단해야 마땅하다는 의미가 내포되어 있는 것처럼 들렸다.

그날 아침 나는 재단에 출근하자마자 곧바로 전화를 걸어, 오픈한 지 얼마 안 되는 문제의 양노원에는 백 명 정원에 이미 일흔 다섯 분이 생활하고 계시다는 것을 확인할 수 있었다. 그들 중에는 겨우 안전하게 지낼 수 있는 집에 들어온 것을 기뻐하고 있는 사람도 많았을 것이다. 직원들도 의욕적으로 노인들을 잘 모시기 위해 그곳에 있을 터이다.

물론 재단은 분명한 조사 결과가 나오기를 바라고 있었다. 결과가 나와야 소중한 돈을 내줄 수 있기 때문에. 그러나 나는 정의란 명목으로 노인들이 살아가는 터전을 없애버리는 것이 옳은 일이라고는 생각되지 않았다.

정의라는 것이 소박한 인간의 행복 앞에서 '과연 그렇게도 중요한 것일까' 하는 생각이 들었다. 그리고 그렇게 생각할 수 있는 것이 중년이라고 나는 생각한다.

내가 고등학교에 다니던 때였다. 그때는 전후라 물건이 귀했다. 체육 시간에 운동장에 나갔다 수업이 끝나 교실에 돌아와보니 왠지 각자의 소지품의 모양새가 뭔가 다르게 느껴졌다. 가방 안에 들어 있던 것이 교실 마루 바닥에 흩어져 있었고 그 와중에 "어머 내 지갑이 없어", "내 교복이 없네" 하는 소리가 들렸다.

지금은 그런 물건들을 훔쳐봤자 별로 도움이 안 되므로 좀도둑이라는 범죄도 거의 사라졌지만, 그 당시는 때마침 지나가는 길의 현관 앞에 벗어놓은 구두를 슬쩍 가져가는 것으로도 어느 정도 생활에 도움이 되던 때였다. 그러나 우리 학급에서 물건이나 돈이 없어지는 일은 전혀 없었는데….

아니나다를까 바로 범인이 붙잡혔다. 범인은 여자였다. 나는 아무것도 잃어버리지 않았지만 내 친구는 새 감색 교복 상의를 잃어버렸다. 범인은 입을 것도 변변한 게 없어서 훔치자마자 입고 있었기 때문에 바로 꼬리가 잡힌 것이다. 그러한 소박한 절도가 행해졌던 시대였다.

그런데 우리 담임 선생님은 교복 주인에게 그 상의를 범인에게 줄 것을 권했다고 해야 할지, 암시했다고 해야 할지, 아무튼 잘 납득시켜 그러한 선택을 하도록 했다.

그것은 정의와는 전혀 다른 별개의 행위일 것이다. 어떻게 생각하든지 훔친 물건은 돌려주는 것이 당연한 일이다. 그러나 담임 선생님은 그렇게 생각하지 않았다. 교복을 도둑맞았던 학생은 상의를 한 벌 더 갖고 있었다. 그에 반해 훔친 여자는 한 벌도 없었다. 그래서 교복 주인은 그 새 교복을 범인에게 주는 것이 굉장히 아까웠겠지만 착한 성격이었으므로 마음을 바꿔 그 옷을 훔친 여자에게 주기로 결정한 것이다.

수년 후 그 사건의 배후에 깔린 성서의 말씀을 배우게 되었다.

"재판에 걸어 속옷을 가지려고 하거든 겉옷까지도 내주어라."(마태오 복음서 5장 40절)

당시의 이스라엘에서는 속옷은 누구나 여벌을 갖고 있었지만 상의는 값비싼 양모였으므로 사람들은 보통 한 벌밖에는 갖고 있지 않았다. 그리고 유대교의 가르침에는 속옷은 담보로 잡아도 괜찮으나 밤 추위를 견디는 데 필요한 상의는 만일 담보로 잡았어도 일몰 전까지는 돌려주지 않으면 안 된다고 규정하고 있었다. 예수는 그와 같이 꼭 필요한 상의라도 추위에 떨고 있는 사람에게는 나누어주도록 설교했던 것이다.

사람과 사람 사이에서 횡적으로 작용하는 정의보다는 신이 기뻐하는 것은 종적인 자비라는 사실을 납득할 수 있는 때가 아마도 중년일 것이다. 그 전까지는 인간 사회의 논리에 들어맞는 것이 가장 중요하며 가장 결백한 것으로 생각하게 된다.

물론 그렇다고 해서 나쁜 일을 한 상대가 피해를 당한 사람에게 자신에게 자비를 베풀어 마땅하다고 요구하는 것은 논리에 어긋난다. 그러나 판단이 사람과 사람 사이의 횡적 판단만으로 끝나버리는 것이라면 우리들은 무엇 때문에 나이를 먹고 있는지 알 수 없는 일이다.

추한 것, 비참한 것조차 가치 있는 인생

여성 중에는 스물 아홉에서 서른이 될 때 비참함을 느끼는 사람이 많은 것 같다. 이제 나의 젊음이 다 가버렸다고 생각하기 때문일 터이다. 그러나 마흔 된 사람이 그런 말을 들으면 코웃음을 칠지도 모른다. 겨우 서른 정도의 나이 가지고 뭐 그리 바둥거리느냐고. 마흔이어도 얼마든지 당당하게 아름다움을 유지할 수 있다고 말할지도 모른다.

두 번째의 위기는 오십이 되는 때인 것 같다. 그 무렵 여자에게는 갱년기가 찾아오고, 생리적으로 더 이상 여자의 역할을 할 수 없게 됐다고 생각하는 사람도 있다. 더욱이 그 무렵의 몸의 변화란 실로 대단히 심하다. 흰머리도 늘고, 주름살, 기미, 피부의 늘어짐 등 여러 가지 탈들이 표면화된다.

나의 경우는 눈이 보이지 않기 시작했다. 중심성 망막염이라는 병에 걸려, 보려고 애를 써도 보이지 않았는데 그 중상은 양쪽 눈에서 다 나타났다. 스트레스에서 기인된 결과이므로, 생활을 변화시켜 편안하게 푹 쉬지 않으면 또다시 재발되며, 재발될 때마다 시력이 떨어진다는 진단이 나왔다.

그러나 내게는 그것이 오히려 행운이었다. 작가가 된 이후 처음으로 여섯 가지 종류의 연재를 모조리 중단했다.

내 경우가 아니더라도 그 나이쯤 되면 그때까지 안경과는 거리가 멀었던 사람도 안경을 쓰지 않으면 잘 보이지 않게 된다. 나처럼 선천적으로 심한 근시는 어릴 때부터 아침에 일어나 제일 먼저 하는 일이 코에 안경을 걸치는 것이었으니 안경 쓰는 것을 당연한 것으로 생각하지만, 난생 처음 노안경을 쓰게 된 친구들은 벌컥 화를 내기도 하며 속상해들 하였다.

자신의 병에 대해 장황하게 이야기하는 것도 일종의 노화 중세이므로 나의 중간 이야기는 생략하겠으나, 결국 나는 그 중심성 망막염을 치료하기 위해 안구에 직접 주사기를 꽂아 스테로이드를 투여했다. 그것은 적절한 처방법이었지만 그것 때문에 백내장이 급격히 진행되어 당시로는 최신 수술법이었던 초음파 요법으로 수술을 받았다. 그 결과 나는 선천적인 심한 근시까지 교정됐고 금세 눈이 잘 보이게 되었다. 기적 같은 이야기이지만 결코 기적이 아니며, 안과 의사라면 누구나 간단히 설명할 수 있는 내용이다.

지금부터가 본론이다.

나는 태어나서 처음 맨눈으로 나의 얼굴을 보았다. 그러나 내가 본 거울 속의 나는 어린아이가 아니었다. 당연히 주름살

투성이의 할머니 모습이었다.

그러한 경우, 보통 사람이라면 심한 충격을 받았을 거라는 생각이 든다. 하지만 나는 눈이 잘 보인다는 사실에 너무 기뻐 어쩔 줄 몰랐다. 좀 이상한 표현이지만, 사방이 너무나 선명히 잘 보였기 때문에, 역설적으로 들리겠지만, 나는 결국 가벼운 우울증마저 생겼다.

이 점에 대해서는 약간의 설명을 덧붙여도 좋을 것 같다. 대개 백내장 수술 후, 상태가 좋아져 시신경에 문제가 없다면, 수개월에서 일 년 정도의 기간 동안은 믿기 어려울 정도로 아주 멋진 색채를 볼 수 있다고 한다. 이 부분도 의학적으로 설명되어진 사실이다. 처음의 그토록 맑고 깨끗한 시력도 점차 다른 사람들처럼 연령에 걸맞게 침침해지지만, 일시적인 기간 동안이나마 내 눈에 홍수처럼 밀려들던 그 아름다운 색채감을 화가에게 꼭 한 번 체험시켜주고 싶을 정도였다. 그런 흥분에 휩싸여 나는 용모의 쇠퇴 따위로 인한 심란함은 안중에도 없었다.

사람은 자기 자신을 어떻게 생각하고 있을까. 실제보다는 젊고 아름답기를 바라는 것이 당연한 심리겠지만, 사진이 잘 받는 인상이라든가, 어딘지 모르게 우울하게 느껴진다든가 등, 딱히 분명한 이유도 없이 인상만으로 그럴 것이라고 믿거나 혹은 그렇다고 말을 한다. 젊은 여성들은 여배우나 패션 모델의 외모를 이상으로 꿈꾼다. 내 남편은 피부가 검은 여성의 늘씬한 몸매를 보면 인간답지 않은 아름다움이라 격찬한다. 인간답지 않다면 대체 무엇과 비슷하냐고 물으면, 굳이 비유한다면 서러브레드(경주용 말)의 미끈하고 군더더기 없는 기품 있는 몸과 닮았다고 말한다.

나는 남성이 성적 매력을 느끼는 여성에 대해 짐작할 수도 없지만, 사람들은 항상 잠자리를 함께 하고 싶은 이성들 하고만 교제하는 것은 아니다. 그때그때 요리를 잘하는 사람이나, 신상에 대한 상담을 하고 싶은 사람이나, 함께 오페라 구경 가면 즐거운 사람이나, 서로에 대한 말은 일절 하지 않지만 그렇게 말없이 생활하는 모습에 호감을 느끼는 사람 등등, 이런 저런 것들로 마음이 끌리게 마련이다. 오히려 모델의 외모와는 전혀 딴판인 사람이 지닌 개성적인 매력에 마음이 끌리게 되어 있다. 그렇게 되는 것이 중년이다.

일본에는 생활고 때문에 눈 주위가 기미로 거무스레하게 된 여자는 별로 눈에 안 띈다. 그런 기미는 미미한 피로로는 생기지 않는다. 마치 팬더와 같은 검은 반점처럼 나타나는 생활고이다. 이런 지경에 이르면 태도나 말투도 자포자기식이다. 그런 사람은 목소리에도 삭막함이 나타난다. 몸의 근육도 왠지 쇠락한 느낌이 든다. 배도 두 겹이나 세 겹으로 겹쳐진 배. 먹는 것과 섹스 외에는 즐거움이 없다고 고백하는 듯한 체형이다.

옛날에는 알코올 중독이나 결핵을 앓는 사람도 많았다. 옷이 찢어졌어도 꿰매지 않고 단추가 떨어진 그대로이다. 그리고 몸냄새가 심하게 나는 경우도 많았다. 다시 말해서 불결했다.

내가 그런 사람을 실제로 처음 본 것은 서른이 채 안 됐을 때였다. 스페인을 여행하던 중 플라멩고 춤을 보여주는 동굴처럼 생긴 술집에 갔었는데 그곳에서였다.

비좁은 술집에서 플라멩고를 추는 집시 중의 일원인 그녀는 배도 약간 불쑥 나온 중년의 분위기였으나 나이는 나와 비슷했을지도 모르겠다.그 여자가 빙글빙글 돌 때마다 아주 불결해보이는 치마가 내 코앞을 스쳤다. 한 빈도 세탁하지 않았을 것 같은 지저분한 옷이었다. 게다가 허리 부분의 솔기도 터져 있고 단추도 떨어져나가 옷핀으로 고정한 상태였다. 저 정도라면 좀 고쳐 입으면 좋으련만 하며 그 당시 젊었던 나는 그런 것들만을 계속 마음에 담아둔 채 그저 바라보고 있었다.

그러나 그런 여자이기 때문에 마음에 든다는 남자도 있을 수가 있다. 또 떠돌이 생활밖에는 할 수 없는 남자에게서 자신과 같은 처지의 비애를 느끼는 여자도 있을 수 있다.

인간에게 흥미로운 사실은 저마다 한쪽으로 치우친 인생을 스스로가 인정할 수밖에 없다는 것이다. 젊었을 때는, 어쩔 수 없이 꼭 해야만 하는 이유란 있을 수 없다고 생각했다. 이상이 현실을 이끈다고 믿었으며 그것에 해당되지 않는 것은 비합리로 간주해 받아들이지 않으면 그만이라고 생각하는 것처럼.

물론 중년이 되어서도 이상이 없는 것은 아니다. 그러나 그것은 눈에는 전혀 드러나 보이지 않는 유황 연기에 그을린 은은한 은빛 같은 것이라고 할까. '가능하다면' 이라는 만약의 조건 내에서 '이상이 실현된다면 행운이겠지' 라는 것이 된다.

치마 단추가 떨어져나간 옷차림의 여자와 바람을 가르며

달리는 미끈한 서러브레드 말과 같은 젊은 여자 중, 어느 쪽이 좋을지 외양상으로는 당연히 결정되어져 있다. 그러나 서러브레드의 여자에게는 인생의 무게가 없다. 악취도 향기도 나지 않는다. 서러브레드는 마차를 끈다든지, 밭을 간다든지 하는 현실성이 희박하기 때문에 서러브레드인 것이다. 서러브레드는 스타다. 그러나 많은 사람이 소중히 아끼며 생활 속의 벗으로 느끼는 말은 커다란 콧구멍에서 흰 입김을 뿜어내는, 눈길을 헐떡거리며 무거운 짐을 끌고 가는, 수레 끄는 말인 것이다.

추한 것, 비참한 것에서도 가치 있는 인생을 발견해내는 것이 중년이다. 여자든 남자든 어떤 사람을 평가할 때, 외양이 아닌 그 사람의 어딘가에서 빛나고 있는 정신, 혹은 존재 그 자체를 있는 그대로 받아들일 수 있는 때가 중년이다. 대체로 정신이란 중년이 되어서야 비로소 완숙되는 면이 있다.

대부분의 남자들은 영화 속의 토라 씨(영화 '남자는 괴로워'에서 남자 주인공)를 좋아하는 반면, 여자들 중에는 나를 포함해서 토라 씨 같은 사람은 딱 질색이라는 사람을 몇 명 알고 있다. 토라 씨의 행동은 순수한 것이 아니라 응석받이처럼 느껴지는 것이다. 그가 응석을 부린다는 것이 아니다. 토라 씨 같은 남자를 애교스런 존재로 해석하는 영화 제작 자세의 본질이 잘 납득되지 않는 것이다.

나는 토라 씨와 똑같지는 않아도, 토라 씨 타입의 남자와 함께 지낸 적이 있었다. 이웃집에 토라 씨가 산다면 재미있게 지낼 수는 있지만, 우리 집에 토라 씨가 산다면 그야말로 지옥이 될 거라는 것을 나는 이미 어린 시절에 경험하였다. 아무리 호의적으로 봐도 토라 씨는 일종의 '제멋대로 살아가는 장돌뱅이'인 것이다.

나는 여타의 보통 사람들과 마찬가지로 성장했다. 이미 중년이 된 만큼 좋아하는 사람도 많아졌고. 젊었을 때에는 용서할 수 없었던 사람도, 그의 훌륭한 면이 빛을 발하고 있는 것을 실제로 볼 수 있게 되었다. 젊었을 때부터 이러한 안목을 갖고 있었더라면 더욱 멋졌겠지만, 그러한 생각은 무리다. 사람은 정상적으로 성장한 것만으로도 불평을 할 수 없다. 바꿔 말하면 누구든 중년이 되면 인생과 인간에 대한 이해가 훨씬 깊어진다는 것이다.

그것은 순수한 즐거움을 깊게 느끼는 것이다. 영화관이나 극장에 가야만 인생을 즐기는 것이 아니다. 가장 훌륭한 극장은 우리들이 살아가고 있는 바로 현재의 삶이므로. 그곳을 지나는 모든 사람에게서 드라마와 매력을 찾아낼 수 있다면 그 이상의 즐거움이란 없다.

그렇다고 중년 이후에는 연극 관람이 필요 없다, 라는 말은 아니다. 극장 안에서나 밖에서나 드라마를 볼 수 있는 것이 바로 중년인 것이다.

참된 인생의 가치 판단을 하게 된다

중년 이후에 얻을 수 있는 가능성 중의 하나가 권력이다.

봉건 시대라면 '태어나면서부터' 왕이나 영주가 되는 사람이 있을 수 있지만, 민주주의 사회에서 그러한 경우란 극소수이다. '태어나면서부터 부호'인 사람은 상당히 많겠지만, 그것도 선진국이라면 상속세도 만만치 않으므로 '태어나면서부터' 호화 저택이나 유산의 돈방석에 앉을 수 있는 사람도 크게 줄어들게 되었다.

그러나 세상에는 항상 자신의 힘으로 부를 축적하거나 권력을 쥐는 것을 목표로 삼는 사람이 있게 마련이다. 이들이 다른 사람들에 비해 두드러지게 눈에 띄는 것은 인간의 본성에 내장된 경쟁심이 강하다는 것인데, 그러한 사실을 제대로 인식하고 있는 사람은 의외로 적다.

부유함이란 분명 가난보다는 나을지도 모른다. 이렇게 말한다면 '좋은 게 기정 사실일 텐데, 좋은 것은 좋다고 보다 분명하게 말하는 것이 어떨까' 라고 추궁받을 것 같기도 한데, 나는 아무리 생각해도 그런 단정을 내릴 수는 없을 것 같다. 왜냐하면 지금까지 육십 오 년의 인생을 살아오면서, 물질적으로 풍요로운 사람에게서는 무언가 예기치 못한 불행에 휘말리는 듯한 느낌을 받는 경우가 많았다. 자신이나 가족이 심신의 병을 앓고 있거나, 배우자에게 배신을 당했다든지, 가족 서로 간에 아무런 신뢰감 없이 겉으로만 사이가 좋은 듯 살아간다거나, 아이들의 얼굴에 생기가 없거나, 자유가 없다든지, 행동이 제한되어 있다든지 하는 등의 무엇인가 결정적인 고통을 안고 살아가는 경우를 많이 보았다는 생각이 든다.

그 좋은 예가 영국의 왕실이다. 보통 대부분의 일반 가정에서는 아들의 배우자가 어떤 여성이든 남들에겐 그다지 대수로운 일이 못 된다. 그러나 왕실의 경우는 며느리가 어떤 수영복을 입었는지조차도 문제 거리가 되며 부정의 꼬투리가 있거나 하면 더 이상 본보기가 될 수 없게 되고 만다.

일반 가정에서는 거의 대부분이 집이 비좁다고 생각하며 살지 않을까 싶다. 극단적인 예이지만 피아노 살인 사건 같은 경우는, 바로 옆집의 피아노 소리가 그대로 들려, 그 시끄러운 피아노 소리에 화가 치밀어오른 옆집 남자가 살인까지 저지른 일이다.

넓은 왕궁 같은 곳에서 산다면 그러한 비극은 없을 거라고 생각되지만 왕궁이란 가족의 사랑을 키워나가는 데는 어쩌면 최악의 장소이다. 왕궁의 구십 퍼센트는 평상시는 사용하지 않는 공간일 것이다. 즉 타인을 위해 갖추고 있는 실속 없는 공간이라는 것이다.

인간은 부모 자식 간의 사랑이나, 이별의 슬픔이나, 사랑을 속삭일 때 휑하니 넓은 곳에서는 결코 그러한 감정을 말로 표현하지 못한다. 인간이 인간적인 감정을 전하고자 할 때 필요한 면적이란 옛부터 빈부와는 상관없는 좁은 장소였다는 것은 기정사실이다. 그러므로 왕궁의 대부분의 방들은 사랑을 담게 되면 바로 식어버리는 큰 접시와도 같다.

우리들은 집안일을 혼자서 해야 할 때 짜증이 난다. 누군가 설거지를 해줄 사람은 없을까. 집안 청소를 도와줄 사람이 있다면 얼마나 편안할까 하는 생각을 한다. 그런 점에서 여왕님이라면 그런 수고는 전혀 걱정할 필요도 없으니 부럽다고 생각하기 쉽다.

나는 재단에서 일하게 되면서부터 지금까지의 작가 생활과는 전혀 다른 체험을 가끔 하게 된다. 각국의 젊은 학자들에게 장학금을 주거나, 연구 기관이나 문화적 행사의 후원자가 되기도 한다. 나는 다만 그러한 조직의 대표 자격으로서 각국의 대통령이나 장관을 만난다거나, 혹은 그들의 관저에 초대받기도 한다.

수년 동안 세계에서 가장 가난한 사람들만을 보아온 나에게는 그야말로 대단한 변화인 셈이다. 그 전까지만 해도 부의 세계는 나와는 전혀 관계없는 곳이었다. 인도의 한센병, 이디오피아의 기아 체험까지는 직업상 우연히 가야 할 입장에 처했던 것이었다 해도, 해외일본인선교사활동후원회라는 NGO 일을 했던 최근 수년 동안 이 조직이 지급한 자금의 후원 활동의 결과를 '조사' 하러 다니느라 전세계의 가난에 대해서만은 상세히 알 수 있게 되었다.

대단히 실례되는 것이지만 재단 일을 하면서부터, 나는 가끔 마음속으로 대통령 관저의 생활과 세계적인 최저 수준에 있는 슬럼의 생활을 비교해보곤 하였다.

물론 굶어 죽는다는 것은 그야말로 비참한 일이다. 나는 최근 수년 동안 주로 아프리카에서, 당장 죽는다 해도 별로 이상하게 느껴지지 않을 정도로 영양 상태가 대단히 심각한 어른이나 아이들을 많이 만났다. 에이즈에 걸린 아이들도 수십 명을 만났는데 그들은 여느 아이들과 똑같은 갓난아기였지만 이 세상 어느 한구석에서도 희망이라고는 전혀 찾아볼 수 없는 듯한 표정으로 힘없이 우는 것이 특징이었다. 그런 면에서 보면 굶주림도 없고 에이즈에 걸릴 염려도 없는 사람들이 사는 대통령 관저의 생활은 당연히 행복하다고 할 수 있을 것이다.

그러나 나는 그렇게 결론지을 수는 없었다. 기본적인 원초적 불행 다시 말해서 오늘 하루의 의식주를 확보하지 못한 불행을 체험해본 적이 없는 나를 포함한 많은 사람은 기본적인 원초적 행복을 발견하는 기술 또한 놓치고 있으므로. 그것은 '정의로운 것의 반대 또한 정의로운 것' 이라든가 '정의롭지 않은 것의 반대 또한 정의롭지 않은 것' 이라는 논리와 대단히 흡사한 이치다. 다시 말해서 오늘 밤 먹을 것이 있다는 것만으로도 얼마나 행복한가. 또 오늘 밤 보송보송한 이부자리에서 잠잘 수 있다는 것만으로도 얼마나 큰 행복인가를 생각해본 적이 없는 사람은 결국 그러한 행복을 느낄 수 없는 것이다.

우리들은 그런 의미에서 굶주림을 모르는 왕들처럼 불행한 것이다. 인간의 권리나 약자에 대해서는 대단하게 민감한 반응을 보이는 매스컴이 자국의 여성 주간지에 상당히 많은 페이지가 다이어트를 위한 정보에 할애되고 있다는 사실에 대해서는 전혀 부끄러워하지 않는다. 즉 한편에서는 먹고 싶어도 먹을 것이 없는 사람이 있는가 하면, 다이어트가 최대의 관심사인 사람들 또한 많다는 것은 상당한 모순이라고 생각된다. 하지만 그러한 반응을 보이는 사람은 극히 드물다.

권력이라는 비만에 길들여진 사람들은 그보다 한층 더 불행하다. 모든 사람들이 자신의 눈치를 살피며, 자신의 명령에 복종하고, 만나는 사람들마다 자기에게 미소 지으며, 많은 이들이 선물을 주고 싶어한다. 그것만으로도 진실한 인간 관계의 상실이지만 그럼에도 불구하고 권력에 욕심을 내는 것은 참 이상한 일이다.

통상적으로 유명한 사람들이 사회와 접촉하는 기회는 유명도가 높으면 높을수록 그만큼 그 기회가 줄어든다. 왕은 왕궁에, 대통령은 대통령 관저에, 사장은 사장실과 고급 요정, 골프장, 별장 생활에 묻혀 지내게 되지만 본인은 정작 그런 사실을 잘 모른다. 위의 장소들은 어느 곳이든 생생한 인생의 애환으로부터는 격리된 장소이다.

외출하는 경우도 왕이나 장관들은 공적인 장소에서, 대중의 눈에는 쉽게 띄지 않는다. 대중이 보는 가운데서 난잡한 행동도, 도덕에 어긋나는 행동도 할 수 없으므로 그들이 의도적으로 초대되어지는 곳이란 벗어난 행동을 할 수 없도록 선택된 장소들뿐이다. 국내에서는 국회, 정부 시설, 박물관, 미술관, 병원, 양로원, 장애인 시설, 그 외의 기념식장들뿐이다. 그곳에서 행사나 시설의 설명을 듣거나 환자나 장애자를 위로하거나 한다. 그리고 그러한 일이란 게 보통의 경우라면 하나같이 진한 인생의 감동을 불러일으키겠지만, 그들이 접촉하는 장면은 전부가 형식적으로 꾸며진 것이므로 실로 내용 없는 빈 껍데기와도 같은 것이 된다. 그러므로 권력자는 생애를 생생한 인생의 현장이 아닌, 조작된 장면이라고 느껴지는 지극히 따분한 장소에서만 보내게 된다.

미리 예고된 시찰만큼 따분한 일은 없다. 그러나 아무런 목적 없이 훌쩍 스쳐가는 인생길에는 어느 곳이든 감칠맛 도는 진한 마음 설레임의 드라마나 시와 같은 정취가 있다. 그러한 곳으로부터 그들은 인위적으로 격리되어 살아가고 있는 것이다.

그러나 권력자들은 모두가 그렇다고는 할 수 없지만 살아가면서 대체로 그러한 인생의 작은 드라마의 감동을 경험하지 못해도 전혀 개의치 않는다. 오히려 자신의 권력 휘하에 사람들을 거느리려고 온 정열을 쏟고 있는데, 그런 것으로 만족할 수도 있겠지만, 내가 보기에는 감옥 속의 인생처럼 삶을 보내고 있는 것만 같아 딱하다는 생각이 든다.

유명한 사람이 되면 늘 비서나 신변 경호원이 따라다니게 된다. 총리를 지낸 사람은 관직을 그만둬도 경호가 따른다.

즉 상당한 힘을 잃고, 많은 사람들이 그 존재도 잃어버릴 특별한 상태가 되지 않는 한, 한 번 총리를 지낸 사람들은 평생 경찰의 감시하에 있게 되는 것이다. 그러한 부자유스런 생활을 뻔히 알고 있으면서도 그들은 총리가 되고 싶어한다.

이것은 인생살이의 또 하나의 구조이다. 중년 이후에 처음으로, 우리들은 인생의 이런 저런 모습의 구조를 꿰뚫어보는 지식을 쌓게 되고, 그러한 것을 판별해내는 능력을 터득하게 된다. 그러므로 인생에 있어서의 진정한 가치 판단이란 중년 이후 이외에는 결코 완성되지 않는다고 보아도 틀린 말은 아니다.

돈도 마찬가지이다. 적으나마 내 돈으로 놀러다니거나 공부했던 때가 가장 즐거웠고 보람 있었다. 이러한 사실의 배후에는 소박한 진실이 들어 있다. '조건이 딸린 돈' 이란 사실 기막히게 잘 만들어진 말이다. 세상 사람들은 결코 쓸데없는 일에 돈을 지불하지 않는다. 그러므로 누군가가 내게 돈을 준다고 하는 것은, 준 돈만큼 나를 부려먹으려는 의도하에서 그렇게 하는 것이다. 그러므로 타인의 돈을 얻어 쓰게 되면 내 자신의 즐거움을 위해 시간이나 목적, 상대를 선택하는 것 등이 불가능하게 된다. 완전히 나 자신의 시간을 팔아버린 것이 되고 만다.

돈이 없던 젊었을 때에는 출판사가 취재비를 내주는 것이 당연하다고 여겼다. 그러던 중 그럭저럭 내 스스로 자유롭게 쓸 돈이 생겼을 무렵부터 내 취재비는 내가 내기로 마음먹었다. 그것은 정신적인 자유를 위해 절대적으로 필요한 것이었다. 요컨대 왕이든 총리든, 타인의 돈으로 활동하는 때는 자유란 거의 없다는 말이다.

　성공한 사람들의 대부분은 자신의 희망이 이루어진 순간에, 또 다른 무거운 짐을 짊어지고 있다는 사실을 깨닫는다. 이것은 내가 믿고 있는 불가사의한 신화다. 선거에서 당선된 직후에 아내가 병으로 쓰러지거나, 사장이 되자마자 딸이 형사사건을 저지르거나 한다. 그러한 나쁜 일이 덤으로 따라오게 되면, 오히려 희망이 이루어지지 않은 것이 차라리 좋았을지도 모른다고 후회하지만 이미 엎질러진 물일 뿐이다. 그리고 많은 성공자들은 세상 사람들로부터 '저런 행운을 거머쥔 사람은 얼마나 행복할까' 라는 부러운 소리를 들어가며 악몽 같은 현실을 살아가고 있는 것이 아닐까 하는 생각도 하게 된다.

　대개의 병에는 발병 빈도가 가장 많은 연령대가 있듯이, 권력 추구 병도 역시 대체로 중년 이후에 걸리게 되는 병인 것 같다. 그것도 여성보다 남성의 발병률이 높다. 한창 젊었을 때부터 그런 소질이 농후한 사람도 없지는 않으나, 증세가 악화되는 것은 대체로 중년 이후라 보아도 무방하다. 그 병의 고약함은 증세도 경과도 그다지 복잡하지 않다는 것이다. 증세는 판에 박은 듯 빤히 보인다. 반면에 정말로 현명한 사람은 좀처럼 걸리지 않는다. 우리들은 보통 사람이므로 누구나 걸릴 수 있는 그 병에 걸릴 수도 있다. 그러나 남들이 눈치채지 못하는 줄 알고, 안 그런 척하면서 그런 병을 앓는 것은 정말 비참하다는 생각이 든다.

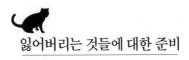

잃어버리는 것들에 대한 준비

보통 중년 이후를 생각할 때, 대부분 중년이 되면 좋은 차를 살 수 있다든지, 지위가 오른다든지, 오랫 동안 계획했던 집을 신축하는 것이 가능할 거라는 식으로 생각할지 모르겠다. 그 것도 어떤 면에서는 맞는 말이다.

전에도 이와 비슷한 글을 쓴 적이 있는데, 좀 더 멋진 그릇에 밥을 먹고 싶은 취향이 내게도 있다는 것을 서른 살이 되어서야 자각했다. 그러한 것은 아버지의 취미이기도 했지만, 어렸을 때는 아버지의 그러한 취미에 오히려 반발심을 갖고 있었다. 밥이란 어떤 그릇으로 먹든지 맛만 있으면 그만이라고 생각했기 때문이었다. 그러던 것이 점차로 중년에 가까워지면서 아버지로부터 대물림한 취미라는 것이 분명해졌다.

나는 내 능력으로 돈을 벌고 있었기 때문에 가끔 골동품이라기보다는 오히려 고물상에나 있을 것 같은 오래된 낡은 접시들을 사와, 그것에 토란 조림이나 유부초밥을 담곤 했다. 그러나 물론 어느 것 하나라도 깨지면 마음이 아픈 만큼 비싼 물건은 절대로 사지 않았다. 우리 집의 반찬들이란 그렇게 비싼 그릇에는 어울리지 않았기 때문이었다. 남편은 은어보다는 정어리를 더 좋아하는 타입이었기 때문에 그릇도 그것에 어울리는 정도면 족했다. 그럼에도 불구하고 나는 이러한 보잘것없는 사치조차 항상 죄를 짓는 듯한 느낌이었다. 그러한 즐거움이란 곧 깨져버리는 '질그릇', 다시 말해 현세의 허영을 쫓는 것이므로 단념하지 않으면 안 되기 때문이다.

내게 그러한 생각을 갖게 해주신 분은, 내가 그 당시 '빠빠뷔에라'라고 불렀던 고령의 스페인 신부였다. 뷔에라 신부는 내가 태어나기 전부터 일본에 계셨던 예수회의 수도사였다. 뷔에라 신부는 나를 '미히타(나의 귀여운 딸)'라고 부르셨는데, 내가 체격적으로나 성격적으로 전혀 귀엽지 않았다는 것만을 제외하면 나는 분명 신부의 딸 정도의 나이였다.

나는 하기(萩)나 야마구치(山口)에 가는 길에 신부를 방문하게 되면 "잠깐 골동품상에도 들러보고 싶어요"라는 말을 하곤 했다. 뷔에라 신부는 나의 어리석은 '현세적 집착'에 근심 어린 표정을 지었으나, 드디어 타협점을 찾아냈다. '착한 일을 한 가지 하면, 골동품을 한 가지 사도 좋다'는 허가가 내려진 것이다. 그날 이후 항상 그 말을 상기해가며 내 집착에 제동을 걸곤 했다.

그러나 내 나이 정도쯤 되면 뷔에라 신부의 말과는 상관없이 이제부터는 슬슬 그러한 취미도 자제하지 않으면 안 된다는 생각을 하게 된다. 그런 식으로 그릇이 늘게 되면 평생 한 번도 사용하지 않는 그릇이 생기게 된다. 한 번쯤은 사용해줘야 그릇도 기뻐할 것이며, '그릇은 오래 써서 손에 익어야 제 맛이 나는 법'이라는 말도 있는데 말이다. 그릇이든, 사람이든, 충분히 써서 제 구실을 다하게 될 때라야 제 맛이 난다는 것은 재미있는 사실이다.

요즘 가스미가세키(霞が關, 일본 도쿄의 관청가)의 관리들의 언동을 보게 되면, 중년 이후에 돈을 열심히 모으려는 철저한 시나리오를 준비한 듯하다. 나는 비관적인 성격 탓인지 중년을 '무엇인가를 얻을 수 있는 시기'로 생각한 적은 없다. 중년 이후란 오히려 지금까지 손에 넣었던 모든 것과 헤어질 가능성이 많기 때문에 그러한 준비를 하지 않으면 안 된다고 생각한다.

앞으로 몇 번이나 더 이 그릇으로 밥을 먹을 수 있을까 하고 생각하는 것도 하나의 이별이다. 서예, 그림, 골동품을 즐길 수 있는 시간도 인생에서 그리 길지 않다. 그러므로 있다 하더라도 그다지 깊은 애착을 갖지 않을 일이며, 없다 하더라도 대단한 비극은 아니라고 생각해야 한다.

얻은 것은 손에 넣은 순간부터 잃어버릴 위험이 있다. 이것은 현세의 엄연한 약속인 것이다. 그러나 물건이란 잃어버려도 별로 대수롭지 않은 것이다. 우리가 가장 가슴 아파하는 것은 사랑하는 사람을 잃어버리는 것이다. 자식을 먼저 떠나보내거나, 고생해서 자신을 키워준 부모를 충분히 돌봐드릴 겨를도 없이 떠나 보내는 일이 생기거나, 늘 의지했던 아내가 먼저 떠나가거나 한다. 간사이(關西) 대지진이 일어났을 때 고생해서 지은 집이 은행 빚만 남기고 화재로 불타거나 무너져버렸다. 최근에는 세상 모든 사람들로부터 신뢰를 한몸에 받았던 고급 관료나 일류 회사의 사장이 오명을 입고 지위를 박탈당하는 것도 흔한 일이 되어버린 것 같다.

오래 살게 되면 '얻는 것' 도 있겠지만, 그 이상으로 '잃어버리는 것' 도 많게 된다. 이것이 중년 이후의 숙명인 것이다.

신약성서에는 네 가지 복음서와 함께 열 세 통의 성 바오로의 편지가 포함되어 있다. 성 바오로는 소위 말하는 열 두 제자는 아니었지만 초대 교회를 짓는 데 지대한 공적이 있었던 사람이다. 게다가 성 바오로는 표현력이 참으로 풍부한 사람이었다. 그의 문장은 읽는 곳마다 사람의 마음을 깊이 감동시킨다. 특히 성 바오로는 중년 이후 사람들에게 정곡을 찌르는 듯한 멋진 말을 선사한다.

"여러분, 내 말을 명심하여 들으십시오. 이제 때가 얼마 남지 않았으니 이제부터는 아내가 있는 사람은 아내가 없는 사람처럼 살고, 슬픔이 있는 사람은 슬픔이 없는 사람처럼 지내고, 기쁜 일이 있는 사람은 기쁜 일이 없는 사람처럼 살고, 물건을 산 사람은 그 물건이 자기 것이 아닌 것처럼 생각하고, 세상과 거래를 하는 사람은 세상과 거래를 하지 않는 사람처럼 살아야 합니다. 우리가 보는 이 세상은 사라져가고 있기 때문입니다." (고린토 1서 7장 29~31절)

아내와 함께 지내는 생활을 즐겨도 좋다. 울고 싶을 정도의 슬픈 일이 있을 땐 울어도 좋다. 기뻐 날아갈 것 같은 때에는 마음껏 들떠 있어도 좋다. 어떠한 행동을 해도 상관없다. 그러나 그러한 모든 것이란 일시적인 환상과 같은 것이므로, 마음속 깊은 애착이나 미련을 갖지 않을 것을 성 바오로는 경고했던 것이다.

아직 젊다면 죽음이라는 결별의 시간은 아득히 저 멀리 있기 때문에, 모든 것이 영원히 자신의 손 안에 있는 것처럼 생각해도 상관없다. 그러나 중년 이후는 그렇지 않다. 이제부터는 얻는 것보다는 잃는 것투성이이다. 물론 중년 이후에 지위를 얻는 사람도 있고, 자식의 출세로 흐뭇해하는 사람도 있다. 새로운 가족인 손자가 생기기도 한다. 그러나 나중에 오는 그러한 모든 것은 그만큼 짧은 시간 안에 헤어지지 않으면 안 되게 되어 있다.

성 바오로는 철저하게 슬픔도 가르쳤지만 또한 그 절망 가운데 존재하는 희망도 알려주고 있다. 지금 당장 눈물을 흘릴 일이 있어도 가슴 속 깊이 슬퍼하지 말라고 말했다. 인간에게 있어서 자신의 슬픔이란 항상 가장 크고도 절대적인 것이다. 자신이 슬플 땐 우주 또한 울고 있거나, 우주 전체를 상실하고 있는 것과 같은 느낌을 갖는다.

그러나 한 개인의 슬픔 따위란 그리 대수로운 것이 아니다. 최악의 비극이 일어난다 하더라도 지구 전체가 슬퍼할 비극이란 없다. 이런 식으로 자신을 객관적으로 보고, 지금 울고 있는 사람은 울지 않는 사람처럼 태연하고 조용하게 참아내면서 고통의 시간을 이겨내라고 말한다.

성 바오로는 인간의 죽음이란 상실과 동시에 해방을 주는 일이라고도 말했다. 아무리 고통스러워도 그 고통이란 죽기 전까지의 일이다. 모든 것이란 스쳐 지나가버리는 것이므로 우는 사람도 울지 않는 사람처럼 행동하면 된다고 말한다.

잃어버리는 것은 사랑하는 사람들, 집, 재산, 서예, 그림, 골동품들만은 아니다. 많은 사람이 중년 이후에 체험하는 새로운 결별이란, 체력이나 건강에 대한 자신감의 상실로도 나타난다.

대부분의 사람이 어떤 나이를 고비로 병을 앓는다. 간 기능의 수치가 별로 좋지 않다거나, 갑자기 고혈압이 된다든지, 몸 어딘가가 안 좋아지기도 한다. 젊었을 때의 병이란 거의 완치 가능하지만, 일단 상태가 악화된 간장이나 혈압은 한 달 정도 경과되어도 반드시 낫는다는 보장도 없다. 평생 달래가며 함께 살아가는 수밖에 없다.

나도 내 또래의 사람들처럼 작년에 발을 삐었다. 뼈가 단단한 것은 좋은 점이었지만, 그것 때문에 다리의 두 뼈가 하나는 세로로 또 하나는 가로로 심하게 부러졌다.

남편은 나의 삔 다리를 본 순간, 아마도 원래 상태로 회복되는 것이 불가능할지도 모른다고 생각했다고 한다. 그러나 나의 다리는 정확히 말해서 90% 정도는 원래 상태로 돌아왔다. 걸을 때 내 다리가 한번 부러졌던 다리라고 눈치 채는 사람은 아마 거의 없을 것이다. 그러나 와실(和室, 일본의 전통적 다다미방)의 다다미에서 예전처럼 사뿐히 자연스럽게 일어날 수 없게 되었다. 복사뼈가 전보다 굵고 단단해져 왠지 어색하고, 근육이 어딘가에서 당기는 느낌이 남아 있기 때문이었다. 나의 직업이 나태한 소설가인 것이 정말로 다행이라고 생각한 것은 그때였다. 내가 만일 다도(茶道) 선생이었다면 더 이상 자리에 편히 앉아서 가르치기란 틀림없이 불가능해졌을 것이다.

남자들 중에는 머리카락 빠지는 것을 심각하게 걱정하는 사람이 많다. 사실 여자의 주름살이나 남자의 머리카락 등에 당사자 외의 다른 사람은 별로 신경을 쓰지 않는데도, 텔레비전에서 남성용 가발 광고가 꽤 자주 등장하는 것을 보면, 대체로 걱정하고 있는 사람들이 무척 많은가보다.

나이와 더불어 신진 대사가 떨어지는데도 젊었을 때와 같거나 비슷한 양을 먹기 때문에 살이 찐다는 원리를 알고 있지만 왕성한 식욕은 막을 수가 없다. 병이 생기면 식욕도 자연히 없어지기 때문에, 먹을 수 있다는 사실만으로도 행복하다고 느끼는 것에는 어느 정도 동감한다. 그러나 살이 찐다는 것은 기능적으로 조금씩 조금씩 쇠퇴되어가는 것이므로 먹은 양만큼의 에너지를 다 소비하지 못하는 것이다.

사람은 한 번에 바로 죽는 것이 아니다. 기능이 조금씩조금씩 죽어가는 것이다. 그것은 건강과의 결별이기도 하다. 결별에 익숙해지는 것은 쉬운 일이 아니다. 늘 결별에는 마음이 죄어드는 고통이 따르게 마련이다. 지금까지 걸을 수 있었던 사람이 걷지 못하게 되며, 지금까지 잘 보이던 눈이 보이지 않게 되고, 지금까지 잘 들렸던 귀가 들리지 않게 된다. 그리고 젊었을 때와는 달리 그러한 증상들은 다시 회복되지 않는다.

그러므로 중년을 넘어서게 되면 우리들은 항상 잃어버리

는 것에 대한 준비를 계속 해나가지 않으면 안 된다. 잃어버리는 것에 대한 준비란, 준비해서 잃어버리지 않도록 하는 것이 아니다. 잃어버린다는 사실을 받아들일 수 있는 마음의 태세를 늘 갖추고 있는 것을 의미한다.

준비를 했다고 해서 막상 무엇인가를 잃어버렸을 때 태연할 수는 없을 것이다. 그러나 별안간 하늘에서 뚝 떨어진 것 같은 운명을 어쩔 수 없이 떠맡아야 하는 것보다는 그래도 나을는지 모른다.

사십대 후반에 나에게 시력의 위기가 닥친 후 그로부터 약 15년 간, 나는 그 당시 되찾지 못할 수도 있었던 시력을 소위 '덤' 으로 얻게 되었다. 그 15년 간의 행복을 분명히 기억하고 있기 때문에, 가령 언제 또다시 보이지 않게 된다 하더라도 있는 그대로 받아드리려는 마음의 준비를 늘 해왔다. 이러한 것이 잃어버리는 것에 대한 준비의 하나로 생각되지만, 막상 닥쳤을 때 그러한 준비가 도움이 되어 냉정할 수 있을지는 알 수 없는 일이다.

그러나 중년을 경계로 노년과 죽음을 맞이하게 되는 대략의 시나리오는 이미 결정되어 있다. 그러므로 그런 사실 자체를 놀랄 것도, 한숨 쉬며 슬퍼할 것도 못 된다. 그것은 우리의 죄도 아니며 어떤 벌도 아니니까.

헤어질 때 멋진 사람이 되는 것이 지금 내가 갖는 최대의 바람이다. 전혀 자신 없는 희망 사항이지만, 어느 것에도 흔들리지 않는 목표를 갖는다는 것은 그리 나쁜 일은 아닐 것이다.

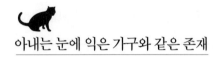

아내는 눈에 익은 가구와 같은 존재

작년에 나의 친구가 60이 넘어 연애 결혼을 했다. 신랑은 50 정도밖에 들어 보이지 않았지만, 사실은 70세였다. 신랑은 부인과 사별 후 재혼, 내 친구는 초혼이었다.

결혼 후 그녀는 "우리 둘은 좀더 일찍 만났어야 했는데…" 라는 투의 말을 내게 했는데, 나는 그 말을 듣고 냉혹한 답변을 하고 말았다. 둘은 바로 그때 만났기 때문에 합쳐질 수 있었다고 생각했기 때문이었다.

오히려 일년 먼저 만났더라면 그는 병을 앓는 아내가 있던 기혼 남자였으니 그녀와 서로 사랑하게 되었어도 결혼에 도달하기에는 지장이 너무 많았다. 게다가 부인이 생존해 있었다면 이 성실한 남자는 다른 여성에게 호감을 갖는 일을 본인 스스로 자제했을지도 모른다.

또한 40년 정도 빨랐었다면 그녀는 유럽에서 한창 음악 공부를 하고 있었을 때다. 그 당시 일본에서는 놀러 가든 공부를 하러 가든 외국에 나간다는 것은 그야말로 혜택 받은 특수한 경우 외에는 불가능한 일이었다. 특히 그녀는 장래에 커다란 꿈을 갖고 있었기 때문에 그와의 결혼을 위해서 유학을 포기하고 꿈을 접으면서까지 일본으로 돌아가겠다는 말은 차마 못했을지도 모른다.

모든 일에는 '적절한' 시기가 있다고 한다. 구약성서의 전도서에는 다음과 같은 말이 있다.

"이 세상의 모든 일에는 다 정해진 때가 있다."(3장 1절)
"포옹할 때와 포옹을 멀리할 때
얻을 때와 잃을 때
지킬 때와 버릴 때
찢을 때와 꿰맬 때
침묵할 때와 말할 때
사랑할 때와 미워할 때
전쟁할 때와 평화로울 때."(3장 5~8절)

우리들에게 그 친구의 결혼이 신선한 충격으로 다가온 것에는 이유가 있다. 중년을 넘어서게 되면 점차로 이성에 대한 관심의 실체가 변하게 된다.

젊었을 때는 이성이라는 존재가 있으면, 그 자체만으로도 긴장했다. 전 신경이 이성에 집중되었다고나 할까. 이 세상의 모든 존재는 ♂과우, 이 둘 중 어느 하나였다.

그것은 천식 환자가 금기하는 음식물을 의식하는 정도로 본능적인 것이었다. 내가 아는 사람 중에 새우를 먹으면 천식이 된다는 사람이 있었다. 식사를 하러 가면, 그의 의식은 오직 한 가지에 집중된다. 이 요리에 새우가 들어 있는지 아닌지이며, 맛이 있는지 없는지는 그 다음의 문제다.

그 정도로 강렬한 존재인 이성과 마침내 사람들은 결혼을 하게 된다. 최근에는 평생 격식적인 결혼은 안 하고 주말에만 만나는 '주말 결혼', 산에 갈 때만 함께 가는 '등산 결혼' 등도 있는 것 같으나 대개는 함께 지낸다.

이 함께 지낸다고 하는 시간을 늘려가는 것이 중요한 것이다. 부부란 어디까지나 타인인데다, 적어도 20년 이상 각자의 생활을 해온 그 차이 역시 엄청나게 크다며 결혼 후 한동안 탄식하는 사람들도 보았다. 우선, 스키야키(일본식 불고기) 맛을 내는 방법이 다르다. 소바(메밀국수)나 우동 국물의 농도가 다르다. 오조니(일본식 떡국) 만드는 법도 다르다. 계란 프라이를 바싹 익혀 기름진 맛을 낼까 은은하게 덜 익혀 담백한 맛을 낼까 하는 점도 다르다. 밥의 찰기 정도가 다르다. 술을 마신 후에 식사를 내는 시간이 다르다. 술안주의 가지 수가 다르다.

나에게는 스키야키에 관한 재미있는 에피소드가 있다. 나의 친정에서는 도쿄의 핫초보리(八丁堀) 태생인 아버지가 좋아하신 것처럼 스키야키에 넣을 국물을 늘 따로 만들었다. 옛날에는 인스턴트식 스키야키 소스 등은 없었기 때문에 스키야키를 만들 때, 엄마는 항상 국물을 많이 만드셨다. 나는 단순한 사람이라 어느 집이나 아니 일본의 스키야키는 다 그렇게 만드는 것이라고 생각해왔다. 그런데 결혼하고 얼마 후에, 나는 남편이 고교 생활을 했던 고치(高知, 일본 시코쿠 지방의 도시)에 함께 따라가, 그 지방의 스키야키 식당에서 저녁을 먹었다. 우선 냄비에 기름 덩어리를 넣고 계속 기름을 짜내며 설탕을 작은 주발 가득 확 쏟아 부어서 나는 깜짝 놀랐다. 그 다음에 고기를 넣고 설탕을 더 넣어가며 볶듯이 익힌다. 한참 그렇게 볶은 후에, 술이나 장유를 넣는다. 국물 따위란 찾아볼 수도 없었다.

처음에는 너무 달아서 놀랐으나 곧 그 기름진 맛을 좋아하게 되었다. 남편도 '야, 스키야키를 이렇게도 만드는구나' 라고 생각했다고 한다.

나는 맛있는 음식을 먹게 되면 다시 한번 만들어보고 싶어지기 때문에 집에 돌아오자마자 곧바로 고치식으로 스키야키를 만들었다. 고치의 스키야키가 전부 이런 맛인지에 대해서는 아무런 근거도 없지만, 어느새 그것은 우리 집 스키야키의 고유한 맛이 되어버렸다. 원래 맛이라고 하는 것은 미묘하게 변하는 것이므로 원조 스키야키 식당 주인에게 내가 만든 것을 한 번 맛보게 한다면 '전혀 맛이 다르다' 고 할지도 모르겠다.

그러나 우리 가정은 그것으로써 또 한 단계를 넘어선 셈이 된다. 미우라(三浦) 가풍도 아니고 내가 자란 조다(町田) 가풍도 아닌 또 다른 맛이 생긴 것이다. 가끔 손님에게도 대접하지만, 스키야키의 맛만큼 입맛이 다양한 것도 없으므로 나는 손님의 취향은 염두에 두지 않기로 했다. 손님이 가미가타(上方, 교토 및 그 부근) 사람으로 가령, "스키야키를 이런 식으로 만들면 안 됩니다"라고 말했다 해도, 특별히 그 사람이 말한 대로 하지 않으면 안 된다는 생각은 하지 않았다.

입맛 한 가지에도 취향이 서로 달랐던 부부가 어느 날, 스키야키는 이런 식으로 만들자는 데 의견이 일치된다. 그때 사실은 위험한 동일화가 생기게 되지만 우리 부부는 그것을 위험하다기보다는 서로 잘 화합되어 간다고 느끼고 있었던 것이다.

부부가 서로의 존재를 잠시라도 의식하지 않고는 살 수 없는 시기란 아직 연령적으로나 결혼하여 아내가 된 시간적으로나 젊었을 때이다.

그러나 부부는 점차 변하게 된다. 좀더 멋진 표현을 할 수 있으면 좋으련만 나의 재능으로는 시원치 않은 말로밖에는 표현할 수가 없는데, 다시 말해서 남편에게 아내는 차츰차츰 눈에 익은 오래 된 가구와 같은 존재가 되어가는 것이다.

가구란 늘 그 자리에 있다는 것을 거의 의식하지 않고 살아간다. 그러나 어느 날 갑자기 그것이 없어지게 되면, 그 뒤가 휑하니 공허한 느낌이 든다.

특히 옛날의 다다미방에서는 그러한 것을 더더욱 생생하게 느끼게 된다. 가구가 옮겨진 후의 다다미는 눈에 띄게 허옇고 뭔가 허전하고 불안정한 느낌이 들었다. 원래 서양풍의 집도 액자를 떼고나면 액자가 걸려 있었던 부분의 벽 색깔이 처음 그대로 남아 있기 때문에 다른 그림을 걸어도 가려지지 않을 때가 있다.

젊었을 때는—나이가 든다고 해서 그 신선한 감각이 완전히 없어지는 것은 아니지만—아내에게도 늘 강렬한 성적 자극을 느낀다. 속속 깊이 잘 알고 있다고 생각하고 있어도, 어느 날 아내의 목덜미에 흐트러진 머리카락을 보고 문득 성적 매력을 느끼기도 한다. 혹은 스쳐 지나가는 남자의 동물적 시선이 아내에게 쏠리는 것을 느껴 불쾌감을 느끼기도 한다. 어쨌든 아내는 '내 소유의 여자'인 것이다.

그러나 중년이 되면 아내는 이성이기는 하나 점차로 육친에 가까운 사람이 된다. 물론 성적 대상이 아닌 것은 아니나, 단지 성적 대상만은 아니다. 일본의 남자들는 때때로 아내를 '오카상(엄마)'이라고 부르는데, 그 말은 자신의 아이들의 어머니인 동시에 아이들을 통해서 아내는 여자 이상의 육친이 됐다는 느낌을 나타내는 것도 된다.

실제로 아이가 태어난다는 것은 대단한 변화이다. 지금까지는 생판 남남이었던 여자가, 어느 날 갑자기 아이를 통해서 생물학적으로도 생명을 이어가는 계보 속으로 들어오게 된다. 원래 엄마라든가, 조카나 사촌과 같은 관계에서는 좋고 싫음을 따지지 않는 뭔가가 있다. 사촌과 마음이 통하게 되는 것은 좀처럼 있을 수 없는 일이지만, 사촌으로부터 타인에게서는 느끼지 못하는 친근감을 느끼거나 마음을 열게 되는 것은 동물적인 혈연 관계가 있다는 것을 어딘가에서 의식하고 있기 때문이다.

아내가 더 이상 타인이 아닌 것에는 그러한 혈연 관계와 밀접한 이유가 있는 것이지만, 오히려 그 이상의 것도 있다. 아내로서의 존재감이라고 할까. 우리들은 물건이 그 자리에 있다는 사실만으로도 익숙해진다. 조금 전에 말했던 오래 사용해서 익숙해진 가구에 대해 말한다면, 우리들이 오래 전부터 방에 소파를 놔두었다면 방이 아무리 어두워도 그 소파에 부딪히지 않는다. 몸이 그 소파가 있다는 것에 익숙해져 있기 때문이다. 그와 마찬가지로 중년 이후는 가족의 존재에 익숙해져 있다. 우리 몸의 세포가 아이가 셋인 것, 아내가 부엌에서 자주 노래를 부르는 것 등에 익숙해져 있는 것이다.

오래 전 어느 화가의 집에서 그림을 직접 그려 받기 위해 며칠 동안 머무른 적이 있었다. 사모님은 화려한 사람으로, 화랑 주인이나 손님들이 오면 갑자기 머리끝에서부터 나오는 듯한 높은 톤의 꾀꼬리 같은 목소리를 내며 쉴새없이 말을 하곤 하였다. 부정적 관점에서 본다면, 그것은 사뭇 사교적인 것으로 내조의 공이라기보다는 외조의 공이 있는 사람처럼 느껴졌지만, 종종 비난의 대상이 되곤 하는 여자의 수다스러움이 나쁘지만은 않다는 것을 그때 처음 느꼈다. 그것은 잘 지저귀는 카나리아나 휘파람새와 비슷했다. 늘 그 소리에 익숙해져 있기 때문에 어느 날 새가 없어지면 적막감이 감도는 것처럼 말이다.

어느날 선생님 댁에 갔을 때 집안은 '불 꺼진 듯' 조용했다. 사모님이 댁에 안 계셨기 때문이었다.

"선생님, 오늘은 왠지 쓸쓸하네요."

라고 했더니 선생님께서는

"집사람은 너무 말이 많아! 귀찮고 짜증스러워."

라고 말씀하셨다. 그러나 나는 사모님의 수다스러움이야 말로 이 집안의 평온의 상징처럼 생각되었고, 만일 그 어떤 이유로 그 수다스러움이 사라져버리는 날이 온다면 그것이야말로 공포와 같을 거라는 느낌이 들었다.

중년 이후 아내는 점차로 성적 대상에서 멀어져간다. 물론 아내 쪽이 수치심이 없어져 남편 앞을 태연하게 맨몸으로 걸어다닌다거나, 화장도 안 하고 빗질하지 않은 산발한 머리로 있거나 하는 때가 많아질지도 모른다. 그러나 그보다 더하더라도, 남자에게는 점차로 아내는 없어서는 안 될 존재가 된다. 어머니처럼도 되고, 오래 사용하여 눈에 익숙해진 가구처럼도 된다. 편안한 공간처럼 생각되기도 하고, 세월이 인간의 모습을 바꾸어놓은 듯한 생각이 들기도 한다.

그 무렵 남자들은 가끔 바람도 피고 그것이 발각되면 호되게 혼쭐이 나서 정신을 못 차린다. 하지만 아내에게 여자로서의 매력이 없어졌기 때문에 다른 여자에게 눈길을 주는 것은 아니다. 그럴 때 남자는 변명처럼 '당신을 저버릴 마음은 전혀 없어' 라고 하면 아내들은 '점잖은 척하며 거짓말만 늘어놓고…' 라고 생각한다. 그러나 대부분의 남편들에게 있어서 그 말은 거짓이 아닌 본심일 거라는 생각이 든다.

아내는 이미 자기 자신이다. 인간이 자신을 버릴 마음이란 전혀 없는 것이다. 아내와 자신은 하나의 존재로, 그 일부에서 잠깐 다른 이성에게 관심을 주었다. 단지 그것뿐인데도 어째서 아내는 그처럼 노발대발 성내는 것일까 하며 이해하지 못할 노릇이라 생각한다.

물론 몇몇 정말로 나쁜 남편도 있어, 아내에게는 '당신을 버린다는 것은 생각할 수도 없어' 라고 하면서 다른 여자에게는 '곧 아내와 이혼하고 당신과 결혼할 생각이다' 고 하는 경우도 있을 수 있다. 그러나 대부분의 남편들은 자신과 아내를 일심동체로 생각하고 있는 데 반해, 아내의 경우 그렇게 생각하지 않는 것에 놀라게 된다.

만일 아내 쪽도 남편에게서 이성을 느끼지 못하게 되고 남편과의 생활에 만족하면서도 다른 남자와 사귀게 되는 경우가 되면 이 도식은 평등한 것이 되지만 대부분의 경우, 아내에게 있어서 남편은 눈에 익은 가구와 같은 존재는 되지 않는다. 그 점에서 비극이 생기게 된다. 그러나 생각해보면 타인이 육친이 되는 변화란 거의 기적에 가까운 것이다. 이런 식으로 부모와 사별하는 쓸쓸한 운명을 신이 보상해주는 것이라고 나는 생각하게 되었다.

달인의 조건

　중년 무렵부터 사람의 의식을 죄는 것은 돈이다. 젊었을 때는 "돈이 없어, 돈이 없어" 하며 말로는 투덜거리면서도 정작 돈이 없다는 실감을 한 적은 별로 없었다. 부잣집 자식을 빼고는 친구들도 모두 돈이 없고, 게다가 아직 어리광도 통하는 세대이기 때문이다. 일본에서는 결혼식 비용을 부모가 내는 것이 당연하다고 여기는 사람도 있고, 결혼한 딸이 친정에 오면 냉장고가 텅 빌 정도로 식료품을 잔뜩 싸들고 가는 경우도 많다. 무슨 일이 있을 때마다 부모 집으로 달려가 도움을 청하면, 어느 정도의 돈은 나올 것으로 기대를 하고 있는 것이다.

　그러나 부모가 정년이 되어 몸도 점차 쇠약해지고 노후를 진지하게 생각하게 되는 무렵, 중년이 된 자식 세대도 경제적인 무거운 짐을 심각하게 실감하게 된다. 자식의 교육비는 어떻게 할까. 내 집을 마련하는 것이 좋지 않을까. 보험은 얼마 정도 들어놓아야 할까. 노후는 어떤 식으로 보내는 것이 좋을까. 연로하셔서 자리에서 일어나지 못하시게 된 부모는 어떻게 모셔야 할 것인가.

이런 모든 것이 돈과 연관된 문제이다. 물론 돈만으로는 해결되지 않는 문제이기도 하지만 말이다.

나는 돈을 버는 방법에 대해서는 왈가왈부할 자격이 없다. 그나마 작가처럼 특수한 직업은 객관적인 평가조차 힘들기 때문이다. 세상 사람들은 작가라는 직업을 어느 날 갑자기 떠오른 영감에 의해서 작품이 만들어지고, 머리를 쥐어짜며 원고지에 글을 쓰는, 옛날 텔레비전에서나 보았음직한 그러한 모습으로 상상하고 있는 것 같다. 그러나 그러한 상상은 완전히 오해라고 생각한다. 글을 쓴다는 것이 그 정도로 고통스러운 일이라면, 도저히 오랜 세월 글 쓰는 일을 계속할 수는 없는 것이다. 나는 며칠에 걸쳐 여러 차례 반복해서 문장을 읽어 퇴고하지만, 글을 쓴다는 것이 내게는 실은 즐거운 작업이다.

작가라는 직업은 갑자기 떠오르는 영감보다는 오히려 오랜 세월에 걸쳐 착실하게 참을성이 요구되는 준비나 작업을 반복하는 과정에서 마침내 완성되는, 육체 노동의 요소가 아주 농후한 작업이다. 《천상의 푸른 빛(天上の靑)》이라는 연쇄살인범을 묘사한 나의 작품은, 구상하여 자료를 모으기 시작한 때를 분명하게 기억하고 있는데, 대략 17년 만에야 겨우 완성된 것 같다.

나의 경험을 통해 봤을 때 작품에는 영감보다는 일종의 철학적인 골격이 필요하다고 생각한다. 골격 주위에 필요한 군살을 붙여 골격이 훤히 드러나 보이지 않도록 하기까지가 그 과정에 필요한 시간이다. 따라서 한 가지 사실을 오랜 세월 동안 지속적으로 의식할 수 있는 능력이야말로 첫 번째로 꼽을 수 있는 작가의 자질이 아닐까.

작가들 중에는 반드시 돈이 될 만한 작품만 쓰는 사람도 있겠지만, 모든 작가의 공통점은 날마다 글 쓰는 작업을 반복한다는 것이다. 따라서 작가라는 직업은 지적 노동이라기보다는 오히려 육체 노동에 가까운 것이다.

매일매일 같은 일을 계속할 수 있다는 것만으로 판단한다면 작가 이외의 다른 직업으로도 어느 정도 경제적인 기반을 다지는 것이 가능하다. 다시 말해서, 돈이란 일확천금을 꿈꾸며 요행으로 버느냐, 자신의 노동의 대가만큼 착실하게 노력해서 버느냐 둘 중의 하나이다. 이러한 대원칙은 옛부터 거의 변함이 없다.

가끔 스키야바시(數寄屋橋) 교차로를 지나가게 되면 긴 행렬을 목격할 때가 있다. 무슨 영문일까 궁금해 물어보면 그 근처에 '점보 복권' 판매점이 있기 때문이라고 한다. 그러나 그보다 더 큰 이유는, 이곳 스키야바시(數寄屋橋) 교차로 부근의 판매점에서 산 복권은 당첨이 잘 된다는 입소문이 자자하기 때문이라고 한다.

나는 재단에 근무하게 되면서부터 가끔 모터 보트 경주장에 간다. 재단이 모터보트 경주 사업과는 전혀 관련이 없지만, 모터 보트 경주의 매출액에서 3.3%를 지원받아 그것을 해양 선박에 관련된 연구 사업, 국내의 공익 복지, 문화 사업의 지원, 국제 협력 또는 후원 등에 사용하기 때문이다. 모터 보트 경주장에는 소위 '인사차' 가는 것이지만, 가게 되면 으레 축하하는 의미로 경주권을 산다.

그러나 나는 당첨 운이 몹시도 없다. 확률로 말해서, 이 정도로 당첨되지 않을 수는 없을 만큼 당첨이 안 된다. 그러나 나는 당첨 운이 나쁜 것을 당연한 것으로 여긴다. 나는 매일매일 성실하게 육체 노동을 해, 그 대가만큼의 보수를 받는 생활에 익숙해져 있으므로 더욱이 일확천금 같은 경험은 해본 적도 없다.

돈을 모으려 한다면 결국 성실과 검약이라는 옛부터 해온 이 평범한 방법 외에는 없다. 구두쇠와 검약에는 약간의 차이가 있다. 나는 어렸을 때부터 물건을 소중히 사용하는 것, 착실하게 일하는 것을 어머니와 학교로부터 배웠다. 지금도 나는 내가 산 음식물을 남겨버리는 일은 절대 없다. 반드시 며칠에 한 번씩 닭고기 등을 사서 냉장고 속에 남아 있는 야채를 모조리 넣어 스프를 만들어 먹곤 한다.

돈을 모으려고 마음먹었다면, 최소한 마음 한구석에 나 정도의 구두쇠 정신은 배어 있어야 할 것이다. 그렇지 않고 결코 복권이나 도박 같은 것으로는 돈이 모아지지 않는다.

오추겐(中元, 음력 칠월 보름. 지난 반 년 동안의 무사했음을 감사하며, 평소에 신세를 진 친지에게 선물을 함.)이나 세모(歲暮) 때에 받은 물건이 너무 많으면 그날 안으로 이웃 사람이든 친구든 혹은 그러한 물건을 요긴하게 사용해줄 듯한 사람들에게 선사하는 마음도 필요할 것이다. 가족이 너덧 명 있는 집이라면 어떤 물건을 받든지 도움이 된다고 감사하며 기뻐할 것이다.

사람도 물건도 살아 있는 생물이다. 언젠가는 반드시 죽든가 사라져버릴 운명이다. 그러한 존재를 유용하게 사용하는 것은 인간의 소중한 의무인 것이다. 이 세상에 존재하는 모든 물건은 반드시 어딘가에서 요긴하게 사용되어지지 않으면 안 된다고 생각한다. '하찮은 물건' 취급 한다든가, 혹은 용도를 몰라 방치되어 그대로 썩혀 내다버려지는 일이 없도록 백분 유용하게 사용되지 않으면 안 된다.

이 원칙을 지키는 것만으로도 아무튼 어느 정도는 돈에 여유가 생길 것 같다. 많은 재산을 남길 수 있을지 어떨지는 잘 모르겠으나, '평생 먹을 것은 걱정 안 해도 된다' 는 점쟁이들이 늘상 하는 말 정도는 들어맞지 않나 싶다.

돈이란 내가 벌어서 내가 쓴다. 이것이 기본 원칙이다. 부모로부터 받은 것이더라도, 타인에게서 받은 것은 부자유스러운 것이다. 우리 부부의 행복은 양쪽 부모로부터 단지 교육과 건강 외에는 그 어떤 유산도 전혀 물려받지 않았다는 것에 있다. 지금 살고 있는 집, 식사 때 사용하고 있는 그릇, 가재도구 이 모든 것들은 우리가 필요하다고 느꼈을 때, 경제가 허락하는 범위 안에서 산 것들이다.

돈이란 자기 스스로 노력해서 번 것, 정당한 것, 꼬박꼬박 세금을 낸 것이 아니면 사용처가 부자유스럽다. 세금을 내지 않은 돈은 요정에 지불하거나, 유흥비로 쓰거나, 여자 친구에게 선심 쓰거나, 하와이에 놀러간다거나, 보석이나 모피를 사거나 하는 데 쓰이게 될 뿐이다. 물론 여자 친구에게 환심을 살 돈도 필요할 때가 있겠지만은, 인간에게 가장 중요한 것은 자유라고 생각하기 때문에, 돈 또한 자유롭게 사용할 수 있어야 한다고 생각한다.

돈이 너무 많아도, 또 너무 없어도 인간은 부자유스러워진다. 대부분의 가정적인 문제들은, 돈이 있으면 해결될 수 있는 것도 많다. 만일 방이 하나 더 있으면 노인과 동거하더라도 집안에서 별다른 마찰이 일어나지 않을 수 있다. 오랜 간병을 해야 하는 경우는 일 주일에 한 번 정도 간병인을 불러 잠깐 낮잠을 자거나 외출을 하게 되면, 한결 마음도 편해지고 간병하는 사람의 기력과 건강을 오래 유지할 수 있게 된다. 그러므로 나는 돈을 경시하고 싶지는 않다. 그러나 돈이 지나치게 많아도 사람은 또한 돈에 얽매여 노예가 되고 만다.

옛날부터 땅 지주로서 전후(戰後)에도 농지 해방의 영향을 거의 받지 않았던 사람들이 종종 있다. 전후의 자산가들이란 대부분이 토지로 인해 벼락부자가 되었다고 할 정도이므로 그런 집안은 소유한 토지 덕분에 분명 막대한 자산가가 되었을 것이다.

으레 자산가가 되면 곧바로 시작되는 것이 형제 간의 싸움이다. 누가 재산을 관리할 것이며, 어떤 식으로 재산을 분배할 것인가에 있어 인간의 가장 추악한 면을 서로 보여주게 된다. 재산을 상속해서 행복하기는커녕, 지옥을 경험한 기분일 것이다. 상식적으로 돈 싸움은 '없어서 일어나는 것'이겠지만, 내가 겪어온 바에 비추어볼 때, 돈이 많은 사람도 싸우게 된다. 그뿐 아니라, 돈이 있으면 있는 만큼 더더욱 욕심도 많아진다.

자신의 형제 자매 중에 경제적으로 불운한 사람이 있어, 부모가 돌아가셨을 당시 그 사람만 집이 없다고 하자. 그런 경우 집을 갖고 있는 다른 형제 자매들은 상속을 사양하고 우선 집이 없는 형제가 웬만한 집을 살 수 있도록 배려해주면 좋으련만, 오히려 별장까지 갖고 있는 듯한 사람들일수록 한사코 상속을 포기하려들지 않는다. 물질적으로 풍족한 것을 행복의 이유로 삼지 않고, 분쟁이나 불만의 원인으로 삼고 있기 때문에 참 딱한 이야기이다.

별다른 갈등이 없는 경우라도 그러한 막대한 재산을 소유한 집안은 인척 중에 누군가 한 사람이 전문적으로 재산 관리를 도맡아하지 않으면 안 되게 된다. 나는 무엇이든 간에 구속되는 것을 싫어하기 때문에, 형무소든 싫은 여자든 재산이든 그 어떤 것에든 얽매이게 되는 것은 결국 불행한 일이라는 생각이 든다.

내가 좋아하는 것을 할 수 있을 정도의 돈이 있으면 그것으로 최상이다. 스테이크를 좋아하는 사람은 가끔 일등급 스테이크를 사서 먹을 수 있을 정도의 수입, 여행을 좋아하는 사람이라면 일 년에 두어 번 정도 가고 싶은 곳에 조촐하게 여행 갈 수 있을 정도의 돈, 그러한 것은 분명히 행복의 조건이 된다. 늘상 돈 문제로 사람을 증오한다든지, 주위 사람이 죄다 자신의 돈이 탐나 모여드는 것일 뿐이라는 피해망상에 사로잡히지 않을 정도의 재산을 갖고 있으면 족하다.

돈이란 사용하기 위해서 있다. 이런 지극히 당연한 사실은 말할 필요도 없는 것이지만, 무슨 이유에서인지 돈을 모으는 것이 취미인 듯 보이는 사람이 즐비하다. 쌓아둔다는 것은 아주 쉽게 말해서 몸에도 좋지 않다. 호흡 운동 중에 공기를 몸밖으로 내보낼 수 없게 되면 그것도 하나의 병이 된다. 먹은 음식을 배설하지 못하게 되면, 바로 변비로 발전해 장암의 원인이 된다. 돈도 제대로 사용할 수 없게 되면 독이 퍼져 수전노로 전락하고 만다.

돈은 사용하는 것이 건전한 것이다. 그러나 무엇에 어떻게 사용하는 것이 건전한지 딱 잡아 말할 수 없다는 점 때문에 어려운 것이다. 그러나 죽기 전까지는 꼭 이루어놓고 싶은 것을 위해 비축하면서 돈을 쓰는 설계가 점차 필요하게 되는 시기가 중년이다. 죽어가는 부모를 위해 돈을 사용하는 것은 합리적 사고로 보면 부질없는 일일지 모르나, 먼 훗날 떳떳하여 기분 좋고, 자식들의 정신적인 성장에 커다란 효과를 줄 수 있을 것 같다. 집을 신축하는 것을 하나의 목표로 세웠다면 팔십세 정도에 죽는다고 가정해서 몇 년 간 사용할 수 있을까를 계산해서 집 지을 시기를 고려하는 것도 좋을 것 같다.

수명이라는 말은 그리스어로 '헤리키아' 라고 하는데, 수명이라는 의미 외에도 '신장', '그 직업의 적당한 연령' 이라는 의미가 포함되어 있다. 수명이란 자신의 의지로 길게 하거나 짧게 하는 것이 불가능한 것처럼 자신의 신장도 마음대로 조절할 수 없으며, 그 직업에 적당한 연령 또한 대부분의 직종에서는 상당히 제한되어 있으니 인간의 능력과는 무관한 것들이다.

돈이 있고 없고는 중요한 것이 아니라고 말하고 싶지만, 나역시 그렇게 단정지을 수만은 없다. 다만 적절하게 모으고 적절하게 사용하는 것은, 그 사람이 일생 동안 자신의 재능을 발휘하는 부분이다. 이에 성공한 사람은 출세 따윈 하지 않았다하더라도 역시 큰 인물이라는 것을 우리들은 절실히 느끼게된다.

부모를 부양하는 자식

중년이 되었을 때 성큼 대두되는 커다란 문제는 부모의 노후에 관한 것이다.

물론 예외는 있겠지만 부모가 젊었을 때는, 자신을 보호해주는 존재였다. 신변을 잘 보살펴주었으며, 성장 후 상당히 오랜 기간 동안 가끔은 용돈을 주는 존재였을지도 모른다.

그러나 중년이 되어 어느날 문득 들여다본 부모의 모습은 어느새 '노인' 이 되어 있다. 여전히 건강한 노인이든, 매일 병을 달고 사는 고령자이든 그러한 것과는 상관없이 이미 경로 우대 노인 줄에 들어서 있는 것이다. 지금 당장은 건강하더라도, 언젠가 누가 어떤 식으로 돌봐드려야 할 것인가에 대한 계획을 세워두지 않으면 안 된다.

나는 이 문제에 관해서는 지금의 법률은 사실상 합리적이지 못하다고 생각한다. 부모가 남긴 재산을 자식들이 평등하게 물려받을 권리는 있는 반면에, 부모의 부양에 관해서는 책임의 소재를 명확히 하지 않으니 말이다. 옛날에는 사회 통념상 장남이 부모를 부양하고, 그 대신 부모의 모든 재산을 장남이 물려받았다. 그런 식으로 '가문'이 존속되어 내려왔다.

그러나 지금은 그렇지 않다. 누가 부양하는가는 대부분의 경우 장남도 아닌, 어느 한 자식이 도맡아하는 경우가 많다. 그러나 전혀 아무것도 하지 않는 자식도 재산 상속은 평등하다? 이것은 잘못된 것이다. 부모를 부양한 자식이 모든 재산을 물려받는 것이 자연스러운 일이다.

나는 무남독녀 외동딸로 자랐다. 아들 하나 딸 하나의 경우는 오히려 이야기가 간단해진다. 나 이외에는 부모를 돌보아드릴 사람이 아무도 없었기 때문에 자연히 내가 부모를 돌보아드리게 되었다. 아버지는 어머니와 이혼하신 후 좋은 상대가 생겨 재혼하셨지만, 어머니는 혼자이셨기 때문에 옛날식으로 내가 결혼해서 남편의 성을 따르고는 있어도 어머니를 나 몰라라 할 수는 없었다. 그러한 나의 생각을 당연하다고 인정해주었던 남편에게는 항상 감사하고 있다.

그러나 우리 부부도 순수하기는커녕 오히려 우쭐거리는 성격이었다. 내가 결혼했을 당시, 나는 그때 대학 4학년생이었기 때문에 대학의 조교수였던 남편과 함께 아침 일찍 집을 나서는 생활을 해야 했다. 지금만 같았어도, 요리도 제법 손이 빨라져 어떻게 해서든 해나갈 수 있었겠지만, 그 당시는 가사 전반에 익숙치 않았고 졸업 논문도 써야 했기 때문에 도무지 학생과 주부의 일을 동시에 잘 해낼 재간이 없었다.

졸업하게 되면 괜찮아지겠지 하고 어쭙잖은 변명을 하고 있었지만, 졸업과 거의 동시에 내가 쓰기 시작했던 소설이 널리 알려지게 되었고, 그러다 보니 나 같은 신인 작가는 원고지에서 눈을 뗄 수조차 없게 되고 말았다. 솔직히 말해 가사엔 신경 쓸 겨를조차도 없었다. 그래서 어머니를 '이용했다'.

친정 엄마는 부담도 없었고, 게다가 그 당시의 어머니는 나 같은 사람은 발끝도 따라가지 못할 정도로 가사일에 관한 한 베테랑이셨기 때문에 아직 당신이 하실 일이 있다는 것을 즐겁게 받아들였던 것이다.

그러는 동안에 아이도 태어났다. 작가란 늘상 집에서 작업을 하기 때문에 아이 키우는 일도 회사에 근무하는 사람보다는 편하다고 할 수 있다. 그러나 강연이 있으면, 집을 비우게 된다. 1959년에 이세만(伊勢灣) 태풍이 있었던 때도, 일 때문에 오사카에 있었다. 돌아가는 도중에 태풍과 정면으로 맞닥트릴 것 같으니, 내일 돌아가면 어떻겠느냐는 이야기를 들었지만, 어떻게 해서든 그날 안에 집에 들어가려고 열차를 탔다. 아들은 그 당시 네 살로 어머니가 돌봐주시고는 있었지만, 어떻게든 조금이라도 더 빨리 집에 돌아가 돌봐야 한다고 줄곧 생각하고 있었기 때문이었다. 그러나 그것은 어리석은 선택이었다. 내가 탄 열차는 아니나다를까 태풍의 중심인 나고야 역에서 초속 칠십 오 미터의 폭풍 속에 갇혀 꼼짝달싹도 할 수 없게 되어, 그날 밤도 또 그 다음날 밤도 열차 속에서 발이 묶인 일을 지금도 기억하고 있다.

우리는 삼십대에 시부모님과 동거하게 되었다. 시부모님은 육십대 후반에 접어들고 계셨다. 당시의 정년은 55세였다. 시아버님은 그때 어떤 광고 대리점의 일을 도와주고 계셨고, 조교수였던 남편보다 더 많은 보수를 받고 계셨던 것 같았으나, '기력은 쇠잔해지신' 연세였다. 그 무렵 마침 우리들이 살고 있던 이웃집이 매물로 나왔다.

지금 생각해보면 그때만 해도 땅 값은 싼 편이었지만, 그래도 우리 입장에서는 그 집이 이웃이 아니었더라면 도저히 살 엄두를 못 낼 정도의 가격이었다. 그러나 낡은 가옥인데다 건평이 대지의 반 정도를 차지하고 있었으므로, 은행에서 돈을 빌리면 그럭저럭 살 수 있을지도 모른다는 계산이 섰다.

나도 시부모님과 가까이 사는 것을 찬성했다. 한 가지 이유는 아무리 '이용하고 있다'고는 하나, 친정 어머니하고만 가까이 사는 것은 어딘지 공평하지 못한 것 같다는 생각이 들었다. 남편에게는 손위 누나가 한 분 계셨지만, 이미 출가했기 때문에 옛날식으로 하면 당연히 장남인 우리가 부모를 돌보아드려야 하는 입장이기도 했다. 또 다른 이유는 내가 좀 편하게 지내고 싶었기 때문이기도 했다. 그 당시까지도 시어머니는 기관지 확장증이라는 병을 앓고 계셔서 각혈을 하시곤 했다. 마치 휴화산처럼 보통 때는 건강하시다가 이따금 피를 토하면서 쓰러지셨다. 대부분 생명에 지장이 있을 정도는 아니었지만, 안정을 취해야 했기 때문에 나는 밑반찬 등을 만들어 그 당시 나카노(中野)에 살고 계시던 시부모님을 찾아뵙곤 했다. 그런데 그 일이 시간도 많이 걸렸고 여간 어려운 일이 아니었다.

이웃에 가까이 함께 살게 되면, 그런 일에 드는 시간과 노력을 줄일 수 있을 거라는 생각이 들었다. 병문안을 가더라도 나카노까지 매일매일 갈 수는 없는 노릇이었다. 이웃이라면 하루에 15분씩이라도 필요한 시간에 몇 번이고 찾아가 뵐 수 있을 텐데 말이다.

그 후, 시부모와 지척에 살면서 가장 편리하다고 생각했던 것은 맛있는 것을 바로 나누어 먹을 수 있다는 것이었다. 나는 굳이 비싼 은어를 먹지 않아도 꽁치도 은어만큼 맛있어하며 먹고 있으나, 시부모님은 연세가 드실수록 은어를 좋아하셨다. 점점 몸이 쇠약해지셔서 더 이상 은어를 잡수러 나가시는 일도 불가능하게 되었을 무렵 신선한 은어를 선물받게 되면 제일 먼저 시부모님께 막 구워낸 은어를 잡수시게 하고 싶었다.

시아버님은 단 음식을 좋아하셨다. 특히 밤만두를 무척 좋아하셨는데, 누군가에게서 지방 명물인 특제 밤만두를 선사받기라도 하면, 제일 먼저 시아버님께 갖다드릴 수 있다는 것이 그렇게 고마울 수가 없었다. 그러한 일들이 나카노에 계신다면, 단지 밤만두 한 개를 가지고 그렇게 먼 곳까지 갖다드릴 수 없었을 것임이 분명하다.

그 이후 나는 조금씩 조금씩 힘을 '적당 적당하게' 덜 들이고도 나의 일과 양쪽 부모와의 동거를 끝까지 계속할 수 있었다. 하루는 스물 네 시간뿐이니 내 일에 몰두하는 그 시간만큼은 부모를 돌봐드리는 일이 허술하게 되는 것은 자명한 일이다. 나는 애초부터 인간이 살아가는 데에는 이상이 있을 수 없다고 생각해왔다. 어쨌든 끝까지 부모를 저버리지 않고 어떻게 해서든지 모두가 함께 사는 것이 소중하다고 굳게 믿고 있었다.

우리 부부는 맞벌이 부부라 어느 정도 수입도 있었고 양쪽 부모님 모두 검소하셨기 때문에 부모님의 생활을 유지해드리는 것에 큰 부담이 없었다. 그것이야말로 큰 행운이었다고 말하지 않을 수 없다. 이러한 마음 편안한 소리를 할 수 없는 사람이 세상에는 무수히 많다. 우리 부부는 부모님을 행복하게 해드리기 위해 사용하는 돈을 가장 효과적이고 바람직한 지출로 생각했다. 부모님들은 서로가 절약하시면서 약간의 저금도 하고 계셨지만, 우리 부부도 부모님으로부터 생활비나 집의 관리비를 보조받을 필요도 없었다. 우리는 부모님들의 건강 상태에 맞춰서 신경을 덜 쓰기도 하고, 반찬을 가끔 갖다드리거나, 냉장고가 비었을 때 채워넣어드린다거나, 하루 종일 시중드는 사람을 구해드린다거나, 그때그때 상황에 맞추어서 해왔다. 내가 처음부터 줄곧 해온 일은 집안을 항상 기분 좋게 유지하는 것뿐이었다. 끊어진 전구를 교환한다든가, 낡은 집의 마루 귀틀을 고친다든가, 미닫이 문에 창호지를 바꾸는 일… 다시 말하면 '보수'에 관한 일은 일체 내가 하는 것으로 마음먹고 있었다.

나는 사람들이 매우 다정하게 부모와 함께 살아가는 모습들을 이곳저곳에서 보아왔다. 특별히 자식에게 경제력이 있을 필요도 없다. 함께 얘기하고 차를 마시고 부모 자식이 함께 내다볼 수 있는 곳에 나팔꽃 씨를 뿌리며 즐거워하고, "감기는 나았습니까" 하며 말을 건네는 것 등이 부모에게는 가장 커다란 기쁨이다. 나는 나의 생활이 너무 바빠 그러한 일상의 아기자기한 효도는 할 수 없었으나, 그렇다고 부모님을 완전히 홀대하는 생활도 하지 않고 그런대로 마무리를 할 수 있었다. 사람들은 대부분의 경우 그리 썩 좋지도 않고, 또 그다지 나쁘지도 않은 환경에서 생활을 하게끔 되어 있다.

생활 형편이 어떠하더라도 상관없다. 중년이 되면, 그 사람에게 가능한 가장 적합한 방법으로 부모를 어떻게 돌봐드릴 것인가에 대해 곰곰이 생각하지 않으면 안 된다.

어느 날 나는 간사이(關西) 지방의 사립 대학에 근무하고 있는 아들의 나이를 따져봤다. 아들의 정년은 70세라고 한다. 정년까지 아무 탈 없이 근무한다고 치더라도 아들이 일에서 자유롭게 되는 것은 앞으로 30년 이후쯤이다. 그때쯤이면 내 나이는 95세 가까이 된다. 아마도 그 나이까지는 살아 있지 않을 확률이 높으므로, 아들이 나와 가까이 살면서 내가 감기 걸렸을 때라든지, 넘어져서 관절을 삐었다든지 했을 때, 약간의 도움을 받는다는 것조차도 도저히 가망이 없다는 것을 지금부터 단단히 각오하지 않으면 안 된다. 나의 경우는 그러한 것을 염두에 두고, 처음부터 생활의 설계를 해두어야 한다.

그러나 솔직히 말해서 같은 도쿄 내의 오오타(大田) 구와 나카노(中野) 구라 해도 너무 멀리 떨어져 있어 잘 보살펴드릴 수 없었기 때문에, 그야말로 간사이(關西)와 도쿄 정도로 멀리 떨어져 있게 되면 어떠한 배려도 전혀 할 수 없게 된다.

현명한 부모 자식 간이라면 일찍부터 부모가 노년이 되었을 때 어떻게 할 것인가를 염두에 두어야 마땅하다.

자신의 노년을 정부가 보살펴주었으면 하고 바라는 것도 상황에 따라서는 염치없는 이야기인지도 모른다. 동남아시아 대부분의 나라에서는 연세 드신 부모를 자식이 돌보아드리는 관습을 갖고 있다. 그러나 서구의 많은 국가들은 자식이 부모와 함께 살지 않는다고 한다. 그렇다면 부모는 어떻게 살아가야 할 것인가. 자녀의 수가 감소한 일본은 말할 것도 없고, 일본보다 더욱 엄격한 인구 억제를 하고 있는 중국 등지에서는 국가나 사회의 기능에 기대를 한다 하더라도 지금 당장 노인을 보살펴줄 젊은 세대가 줄어들게 되는 것은 눈에 보이듯 뻔한 일이다.

기본은 역시 자식이 부모를 어떻게 돌볼 것인가를 강구할 방법밖에는 없다. 노령이란 냉엄한 현실이다. 노인들 중에는 고령을 구실로 게으름을 피우는 사람도 있을지 모르나, 뭔가를 하고 싶어도 할 수 없게 되고 마는 것이 고령의 실태이다.

중년의 각가정은 한창 생활이 힘겨운 시기이다. 자식들 뒷바라지도 완전히 끝나지 않았다. 딸의 경우 학교는 졸업했어도 결혼이 아직 정해져 있지 않다. 이러한 상태에서 부모들은 점점 연로하게 된다. 어디에서 살 것인가. 누가 연로한 부모의 생활을 보살펴드릴 것인가.

중년이 된 자식들은 이상에 연연하지 말고 냉정하게 의견을 모아야 한다. 현실적으로 가능한 것만을 고려하여 현명하게 그 책임을 함께 나누어 가져야 마땅할 것이다. 현실의 법

률적인 상속권을 생각한다면, 자식이 부모를 보살필 책임도 평등한 것임에 틀림없다. 출가외인이든 아니든 상관없이 말이다.

그럼에도 불구하고 그러한 임무를 다하지 않는 자식들의 이야기는 너무 많아서 일일이 열거할 수가 없을 정도다. 자식의 임무를 다하지 않은 자식일수록 부모가 돌아가시게 되면 가장 먼저 재산 상속의 권리를 주장하고 나선다.

원래 평등이라는 개념은 냉정한 것이다. 나는 주위에서 형제 자매의 무관심에도 아랑곳하지 않고 묵묵히 부모를 모시고 살았던 몇 사람을 알고 있다. 그렇다고 해서 그들이 부모가 돌아가신 후에 부모의 재산을 차지하는 행운은 거의 기대할 수 없다. 부모가 애초부터 그러한 돈을 갖고 있지 못한 경우도 있고, 나머지 다른 자식들이 부모를 보살피지 않았어도 유산만은 반드시 요구할 것 같은 사람들도 있기 때문이다.

그러나 부모를 돌봐드리는 경우뿐만 아니라, 나는 요즈음 중년이 되어 개인적인 생활에서든 직장에서든 언뜻 봐서 손해 보는 일을 자진해서 떠맡을 줄 아는 사람이야말로 매력적인 사람이라는 생각이 든다. 모두가 그 점을 악용해서 불가능할 정도의 일을 강요하는 듯한 결과를 초래해서는 안 되겠지만, 부모든 결혼하지 않은 형제든 상관없이 그들의 노후를 떠맡고, 재산 상속에는 그다지 집착하지 않는 사람이 있다면 그것은 실제로 그 사람의 인격—착함, 운명을 대범하게 받아들이는 자세—을 나타내는 경우가 많기 때문에, 마음에서부터 깊은 존경심이 우러나게 된다. 가족들에게 아무런 불평 없이 자신의 도리를 다하는 것이 본인도 훗날 흐뭇해할 것 같은 생각이 든다. 부모에게 전혀 아무것도 해드리지 않았던 사람은 곁에서 보아도 순탄치 않은 생활을 하고 있는 듯이 보이는 경우가 많다. 가능한 한 부모와 최후까지 함께 지내온 사람에게서는 운명의 자연스러운 은총을 느끼게 된다. 제 할 도리를 다한 사람은 인생의 후반부가 순탄하며 편안하다.

읽혀지지 않는 일기

워드프로세서의 보급은 기록에 있어서 하나의 혁명적인 사건이었다. 나는 작가의 집필 수단이 붓에서 만년필로 바뀐 시대에 대해서는 모르지만, 만년필에서 볼펜으로 바뀐 시대에 대해서는 잘 알고 있다. 지금도 만년필이나 연필이 아니면 글을 쓰지 않는 작가도 있을 것이다. 하지만 나는 필기 도구에 작가의 혼이 깃들여져 있다고 생각하는 타입은 아니므로, 별생각 없이 각 시대에 맞춰 편리한 것들을 사용하고 있다.

그래서 나는 재빠르게 워드프로세서로 옮겨왔다. 나는 영문 타자를 칠 수 있었기 때문에 워드프로세서라는 기계에 대한 거부 반응이 없기도 했지만 사용하다보면 그만둘 수 없는 편리함이 있다. 중년 이후가 되면 새롭게 무엇에든지 도전하고 싶어지는데 워드프로세서로 자서전을 써봐야겠다고 생각하는 이들이 꽤 있다.

나는 돈이 들지 않는 취미 생활도 좋아한다. 자기가 직접 워드프로세서로 원고를 쓰고 가정용 제본기로 책을 만드는 것은 사실 재미있는 일일 것 같다. 가령 400자 원고지 300매 분량의 자서전을 써서 그것을 자식이나 손자, 친구, 지인 등 50여 명 정도에게 나누어준다고 해도 그리 많은 비용이 들지 않는다. 또 증쇄하고 싶을 때 언제라도 필요한 만큼 증쇄도 가능하다. 만일 이것을 업자에게 부탁하면 상당히 비쌀 것이다. 한 번에 최저 300권 정도는 인쇄해야 하므로 그것을 집에다가 보관해놓는 것만도 장소를 크게 차지해 쉬운 일이 아니다.

하지만 그와 같은 자서전에는 단 한 가지 폐해가 있다. 그것은 다름아닌 무턱대고 아무에게나 나누어주는 것이다. 나는 모르는 사람으로부터 하루에 세 권 정도의 자서전을 받은 적이 있다. 제 아무리 귀중한 것이라도 한 달에 열 권 이상 받는다면 도저히 다 읽을 수는 없는 일이다. 그러므로 자서전은 친구, 가족, 친척에게만 나누어주는 것이 바람직한 일일 것이다.

중년 이후란 자서전이 쓰고 싶어지는 나이이다. 정년 전에는 그럴 시간도 없었고 또한 그럴 생각도 없었다. 그러나 정년 후에는 써서 남기고 싶은 흥미가 자연스레 생기게 된다.

글을 쓴다는 것은 훌륭한 작업이다. 나는 현재 재단에 근무하면서, 샐러리맨 생활다운 편린들을 주변에서 보게 되지만, '역시 작가 생활이라는 것은 참 힘들구나' 하는 생각을 하게 된다. 세상 사람들은 작가라 하면 항상 집에 있고, 생활도 제 마음 내키는 대로, 밤에는 술도 마시러 나가고, 취미 겸 여행이 언제라도 가능한, 적당히 기분 내키는 식으로 행동하는 직업으로 생각할지도 모르지만, 늘 몸과 마음을 짓누르는 중압감이란 그 무엇과도 비할 데 없다고 생각한다. 그런 의미에서 보면 글을 쓴다는 것은 분명 노화 방지를 위한 두뇌 훈련은 된다.

그리고 나이가 들어가는 것과 글을 쓴다고 하는 것에 어떤 연관이 있는 듯이 결부지으려는 심리가 많든 적든 생기는 경우가 더러 있다. 사람은 청년기를 지나 더 오래 살다보면 그만큼 말하고 싶은 것이 많아지게 된다. 그러한 현상 자체가 자연스러운 일이다. 아무튼 오랜 세월 인생을 경험해왔으므로. 나 역시 오랜 세월 속에서 재미있는 운명을 수없이 만났지만, 그 하나하나가 마치 거짓말처럼 극적이었다. 그러나 그 모든 것을 이야기하고 싶지는 않다. 왜냐하면 그것들의 대부분은 프라이버시와 관련된 것이기 때문이다. 그래서 나는 그러한 것을 누구에게도 누설하지 않고 무덤까지 가져가려 하고 있다.

사람들이 말하고 싶은 내용은 대체로 두 종류로 나누어질 것 같다. 하나는 사회에 대해서일 것 같고, 또 하나는 젊은 사람 즉 자손에게 남기고 싶은 말일 것 같다. 설교에 가까운 그러한 정열은 물론 그 사람의 선의에서 나온 것이다. 나도 결혼을 비교적 일찍 했고 내 아들 역시 남들보다 비교적 젊은 나이에 가정을 이루었기 때문에 손자는 이미 자신의 의견을 말할 수 있을 정도로 성장했다. 손자가 살아 있는 한, 그리고 손자가 결혼해서 아이를 낳고, 또한 손자의 자식이 항상 평화스럽고 건강하게 자라나기를 바라마지 않는다.

그러나 내 경험상 체험이 아니라 지식으로만 터득한 것은 나의 피와 살이 될 정도의 정열로 발전된 것은 거의 없었다. 축적된 지식이 나의 체험에 힘입어 하나의 사상이 된 적은 있었지만 다른 사람에게서 들은 것, 교육받은 것 중에는 순수하게 그 자체가 나의 신조가 된 것은 하나도 없었던 것 같다.

내가 다른 사람보다 상상력이 훨씬 부족하고, 추상적인 명제를 이해하는 능력도, 또 그러한 것을 내 마음속에 뿌리내리게 하는 힘도 부족하기 때문일 수도 있다. 그러나 사람이란 자신이 체험한 것밖에는 알 수 없다는 사고에서 나는 지금까지도 벗어나지 못하고 있다.

우리들이 어렸을 때, 할머니나 어머니는 물론 사회 곳곳에서 쌀 한 톨도 소중히 여기라고 아이들을 가르쳤다. 쌀 한 톨, 한 톨은 농민들의 땀의 결정체이므로 결코 함부로 버려서는 안 된다. 도시락을 먹을 때에도 뚜껑에 붙은 밥알부터 우선 깨끗이 먹고 나서, 도시락 밥에 젓가락을 갖다 대는 것이 거의 상식에 가까운 것이었다.

그러나 어쩐지 그 말만으로는 내가 농사를 지어본 경험이 전혀 없었기 때문에 그다지 실감하지 못했다는 생각도 든다. 전쟁 말기 내가 중학생 때 학교의 테니스장을 밭으로 만들게 되었다. 그 전까지만 해도 롤러로 땅을 단단하게 갈아왔던 테니스장의 땅 위에, 우리들은 난생 처음 괭이를 들고 나섰다.

가벼운 괭이는 튕겨져 나오고, 어쩌다 괭이 칼날이 땅에 박혀도 단단한 점토질 때문에 땅을 깊이 갈 수가 없었다.

나는 그때야 비로소 논밭을 갈아 농사짓는 어려움이 어떠하다는 것을 실감했다. 사방 50센티 정도밖에 안 되는 땅을 가는 것이 그렇게도 고통스러울 수 없었다. 농부가 얼마나 힘들고 어렵게 농사를 짓고 있는가를 나는 그때 알게 되었다. 그래서 도시락 뚜껑에 붙은 밥알부터 먹어야 하는 이유를 진심으로 알게 되었던 것이다.

그러나 요즘 사람들은 밭에도, 논에도 한 번도 들어간 적이 없다. 쌀이 쌀나무에서 열리는 것으로 알고 있는 이십대 여성도 보았는데, 그녀는 명문 대학을 나온 머리 좋은 사람이었다. 단지 교육이 잘못된 것이다. 한번 보여주기만 했더라도 금방 알아차릴 수 있는 아이에게 상식조차도 가르치지 않았던 교사와 부모에게 책임이 있는 것이다.

소설가는 오로지 자신의 체험에 의해 글을 쓴다. 똑같은 체험은 아니더라도 비슷한 체험의 기억이 남아 있기 때문에 쓸 수 있는 것이다. 어렸을 때의 불행한 가정을 소재로 해서 글을 쓰고 있는 작가도 많고, 나도 아마 그중의 한 사람이라고 생각되어지나, 그렇다고 해서 어떤 사람으로부터 "내가 겪은 불행한 일들을 소재로 소설로 한번 써보세요"라는 말을 들어도 그것은 불가능한 일이다.

전쟁이나 원폭, 인권 침해나, 차별 문제(에도 시대에 신분·사회적으로 차별을 받았던 사람들의 문제)에 대해서도 계속 이야기되어지는 것이 옳다고는 생각하지만, 어쩌면 그것도 불가능한 일일지도 모른다고 생각된다. 대부분의 아이들은 자기 부모가 고생한 이야기조차도 심각하게 느끼거나 받아들이지 않는다. 안중에도 없지 않은가!

전후에 일본의 큰 신문들 대부분이―아사히, 마이니치, 요미우리도―모든 언론의 자유를 위해 투쟁하기는커녕, 혁신을 가장해서 나와 같은 입장에 처한 사람들을 언론 통제로 탄압해왔지만, 그러한 사실도 젊은 세대는 믿지 않는다. 또한 적어도 1950년대까지만 해도 작가란 천한 직업으로서 사회로부터 배척받고 차별되었었다. 작가가 '천한 직업'이었다고 말해도 아무도 이해하지 못한다.

나는 그럴 수밖에 없다고 생각한다. 세상 사람들은 (물론 나를 포함해서) 모두가 자신의 눈에 보이는 당장의 현실 정도밖에는 이해하지 못한다. 역사적 사실이란 여간해서는 마음속에 파고들지 않는다. 그래서 세상을 바로잡기 위해 세상 사람들을 깨우치게 하는 글을 써서 남기려는 생각에 대해 나는 불가능한 일이며, 어리석은 시도라고 느끼고 있다.

지구란 언제나 그 위에서 살아가고 있는 사람들이 모든 책임을 지며 살아갈 수밖에는 없다. 사람들 스스로가 자신의 운명을 선택하고, 그 결과를 떠맡게 된다. 생각해보면 그것이 가장 공평하고 바람직하다. 때에 따라 지구가 멸망하는 경우가 생길지도 모르지만, 통상 운명이란 결코 예측대로 되지 않는 것이므로, 의외로 뒤죽박죽 무계획적으로 생활함으로써 오히려 지구가 발전할지도 모르는 일이다. 우리의 생각대로 하지 않으면 지구는 멸망할 것이라고 생각하는 것은, 어쩌면 자신의 말이 먹히지 않는다고 그 보복으로 다음 세대 사람들이 불행해지는 것을 기대하는 것은 아닐까, 하는 생각마저 들 정도이다.

그러므로 우리들로서 최선을 다하는 것은 우리가 살아 있는 동안 스스로 바람직하다고 생각하는 일을 계속 하며 다른 사람에게는 지시도 명령도 희망도 하지 않는 것이다. 혹시 젊은 세대가 중년 이후 사람들의 행동이 바람직하다고 생각한다면, 그것은 설교에 의해서가 아니라 단지 살아가는 모습을 긍정적으로 바라본 때인 것이다.

써서 남기고 싶은 정열의 또 하나의 유형을 생각해보자. 나는 아주 오래 전에 어느 부모와 아들을 알게 되었다. 솔직히 말해 아들은 성실한데 부모 쪽에 문제가 있는 사람들이라는 생각이 들었다. 그러나 당시는 전쟁이나 갖가지 질병 등의 영향으로 나약한 사람들이 행복해지기란 어려웠던 혼란기이기도 했다.

그래도 그의 부모들은 평균적인 생활 수준으로 판단할 때 결코 불행하지 않았다. 부부는 깨끗한 양로원에 들어가 있었고, 꼬박꼬박 세끼 식사를 할 수 있었고, 가끔씩 방문하는 아들 내외로부터 옷가지와 잠옷을 받기도 했으며, 아들 내외는 양로원에서 일하는 직원들에게 고마움의 표시로 과자를 선물하기도 했다.

이 노부부의 딱한 사정은 두 분 다 천식이라는 특수한 병이 있다는 것이었다. 천식이란 아무것도 할 수 없다는 것의 정당한 이유도 될 수 있고, 당사자의 성격에 따라 일을 하지 않는 구실도 될 수 있다. 그들은 선량했지만, 의지가 약한 사람들이었다. 자신들이 인생에서 별로 성공을 거두지 못한 원인을 부모 형제나 그 밖의 사람 혹은 사회의 탓으로 돌렸다.

만년에 그 노부는 양로원에서 줄곧 일기를 써왔던 것 같다. 일기를 씀으로써 자신을 객관화하는 것이 가능해진다면, 그 것은 아주 바람직한 일이었겠으나, 아들이 단 한 번 얼핏 들여다본 것에 의하면, 그 일기는 주로 타인의 험담만을 조목조목 기록한 것이었다고 한다. 매일매일 아무개가 이런 못된 짓을 했다든지, 또 아무개가 이런 것도 해주지 않았다든지 하는 갖은 원망을 늘어놓은 것투성이었다.

이러한 의존형·불만형 정신의 소유자는 정말로 나약한 사람처럼 보이지만, 사실은 그렇게도 말할 수 없을 것 같다는 생각이 든다. 그 노부는 자신의 뜻에 맞지 않는 사람들에 대해 죄다 면밀하게 기록하는 것에 하느님, 부처님, 세상 사람까지도 동원하여 죄를 심판하고, 사후에도 계속해서 심리적으로 벌을 가하려 계획했다는 생각이 든다.

그 부부 중 먼저 노모가 돌아가시고 얼마 있다가 일기를 써오던 노부가 돌아가셨다. 나는 노모의 장례식에는 참석하지 못했으나 노부의 장례식에는 참석할 수 있었다. 마침내 모든 사람들이 최후의 작별 인사를 하고, 관의 뚜껑이 닫히기 직전 장례식에 참석한 사람들은 국화꽃을 넣었는데, 아들이 몇 권의 노트와 만년필, 그리고 안경을 넣는 것이 보였다.

장의사가 관 두껑을 덮고 있을 때 나는 우연히 옆에 서 있던 아들에게 작은 소리로 물었다.

"저것은….."

"언젠가 말씀드렸던 아버지의 노트입니다."

"불태워 없애도 괜찮을까?"

아들의 눈빛은 이미 그것에 대해서 오랫동안 많은 생각을
했다는 차분한 모습이었다.

"불평 불만의 기록을 남겨둔들 아버지로서도 수치스럽게
생각하실지도 모르는 일이겠고…."

그러한 일은 도저히 있을 수 없는 일이겠지만, 나는 그 말
을 듣고 아버지에 대한 아들의 사랑을 읽을 수가 있었다.

"저도 의지가 약한 사람이므로, 아버지가 저를 저주하고
있었다는 것 등을 알게 된다면 저 또한 아버지에 대해 원망을
품지 않을 수가 없을 겁니다. 그러나 이렇게 읽지 않고 덮어
두게 되면, 아마도 저 또한 아버지의 가장 좋았던 모습만을 떠
올리게 되지 않을까 하는 생각이 듭니다."

그는 그렇게 말하면서 다시 덧붙였다.

"게다가 타인에 대한 원망이든 그렇지 않든, 쓴다는 것은
아버지의 유일한 취미였기 때문에 그 노트에다 지금도 계속
쓰실 수 있도록 해드리는 것이 좋지 않을까 하는 생각입니
다."

타인에 대한 원망 따위를 써놓고 죽어야지 하는 생각은 꿈
에도 하지 않을 일이다.

계산대로 되지 않는 인생

얼마 전 오타케 쇼지(大竹省二) 씨가 촬영한 《쇼와 시대의 얼굴들(昭和の群像)》이라는 사진집을 받았다. 배우, 화가, 극작가, 조각가, 야구 선수, 만담가, 작가 등의 초상 사진집이었는데, 놀랐던 것은 나도 '마치 나의 딸과도 같은 모습처럼' 실려 있었다. 그러나 사진 속의 나는 너무나 젊어 딴 사람을 보는 듯해 전혀 실감이 나지 않았다. 나는 옛날부터 사진 찍는 것을 싫어하는 성격인데다, 젊었을 때 사진을 보며 황홀해했던 적도 없었지만, 이 사진집은 오타케 쇼지 씨의 최고의 역작으로 작가의 성격이 잘 드러나 있는 듯했다.

나는 사진집에 등장하는 꽤 많은 분들을 실제로도 만나보았기 때문에, 가만히 들여다보고 있노라니 친근감도 느껴지고 재미도 있었다. 나를 포함한 많은 사람들이 젊었을 때에는 한결같이 개성 없는 밋밋한 표정을 짓고 있다는 생각이 들었다. 물론 예외도 있어, 엔치 후미코(円地文子) 씨 같은 분은 젊었을 때부터 기품 있고 사려 깊은 얼굴 모습이어서 다시 한번 감동하기도 했다.

그러나 그외 대부분의 분들은 역시 젊었을 때에는 깊이가 없는 그런 얼굴 모습이었다. 이렇게 말하고 보니, 혹 누군가 "당신은 현재 당신의 얼굴이 꽤 멋지다고 생각하고 있는가보죠?"라고 반문할 것 같아 당혹스럽기도 하지만, 물론 나도 이젠 꽤 나이가 들 만큼 들어 그런 의미로는 차마 봐줄 수 없을 것이다. 그러나 뭐랄까 나는 현재의 이런 쭈글쭈글한 늙은 모습에서 나다운 안정감과 편안함마저 느끼게 된다.

아름다움과 추함을 과연 무엇을 기준으로 판단하는지 딱 부러지는 답도 없어 알 수는 없지만, 여배우 경우는 분명 젊었을 때가 아름답다고 말할 수 있겠다. 브리지드 바르도이든, 오드리 햅번이든, 엘리자베스 테일러이든 역시 젊은 시절의 눈부시게 화려했던 아름다움은 결국 나이가 들면서부터는 찾아볼 수 없게 된다.

만년의 잉그리드 버그만이 지팡이를 짚고 있는 사진이 공개되었을 때 그 노쇠한 몸으로 여태껏 살아남아 있다는 식으로 기사를 쓴 주간지도 있었고, 비참함을 느꼈다는 사람들도 있었는데, 나는 지금도 그녀의 그 늙은 모습에 감동하고 있다. 정말 멋지게 살아왔구나 하는 그런 모습이기 때문이었다. 단지 여배우로서가 아닌, 한 인간으로서 멋지게 살아왔다는 그런 느낌을 받았다.

만일 나의 독단적인 판단대로 많은 작가들이 나이가 들수록 매력 있는 멋진 모습이 된다고 하면, 그것은 애초부터 안정보다는 운명이나 세월에 정면 대결하며 결코 피하지 않았기 때문이다.

물론 운명에 대한 그러한 대처 방법이라든가, 운명에 따른 변화라는 것이 결코 작가에게만 국한된 것은 아니다. 통상 나이를 먹는다는 것은 어느 누구도 원치 않는 것이다. 사람의 몸은 자동차와 마찬가지로 시간이 지나게 되면 모든 부분이 나빠지게 된다. 그리고 아주 완전한 노인이 되기 바로 직전, 아직도 중년이라고 믿고 있을 무렵부터 사람은 이곳저곳에서 부분적인 노화와 죽음을 체험하게 된다.

백발이나 대머리로 고민하는 사람도 많다. 얼굴에 검버섯이 생겨 사람들 앞에 나서고 싶지 않다는 여성도 만난 적이 있다. 살이 쪘다. 암이 생겼다. 갑자기 혈압이 높아졌다. 당뇨병 선고를 받았다. 수도 없이 화장실을 들락거리게 되었다. 음식을 잘 넘길 수 없게 됐다. 눈이 침침해졌다. 일일이 안경을 쓰지 않으면 신칸센(新幹線) 열차의 좌석 번호를 읽을 수가 없다. 계단 오르는 것이 귀찮아 반드시 에스컬레이터를 이용한다. 귀가 잘 들리지 않게 되었다. 바깥 세상 일에 흥미를 잃게 되었다 등등 일일이 열거하자면 한도 끝도 없으나, 이런 것들이 중년 이후의 숙명인 것이다.

노화는 당사자의 죄가 아니다. 그러나 그들 중 젊었을 때부터 제대로 절제를 못해 그렇게 될 줄 뻔히 알면서도 건강을 해친 사람이 꽤 있다. 일이 힘들어서만도 아니다. 몸이 상할 수도 있다는 생각 없이 '이렇게 될 줄 알았어. 하지만 어쩔 수 없지 않은가' 라는 식의 생활을 해온 것이다. 특히 매스컴에 종사하는 사람들에게는 무척 흔한 일이다. 아침 늦게 일어나 진한 커피 한 잔 마시는 것이 고작, 회사에서는 담배 연기 자욱한 곳에서 또다시 커피로 기운을 차려가며 일을 한다. 그 사이사이에 라면이나 돈가스로 허기를 채우고, 해질 무렵이 되어서야 비로소 가까스로 원기를 되찾게 되지만, 회사가 끝나면 어김없이 또 어디론가 몰려가 담배와 술의 반복. 저녁부터 밥 한 톨 입에 대지 않은 채, 다음날까지 뜬눈으로 지새운다. 생각해보면 야채도 전혀 먹지 않는 그런 생활이다. 그러한 생활을 몇 십 년이고 계속하게 되면, 그만큼 건강이 나빠지게 되는 것은 당연한 이치일 것이다.

그러한 사람들은 대체로 얼굴색이 검은데, 그것은 골프로 햇볕에 탄 얼굴이 아니라, 전등 빛에 그을린 것이며 간장이 나쁘다는 증거이다. 도저히 건강한 몸을 지탱할래야 할 수 없는 불규칙적인 일상 생활을 '어쩔 도리가 없지 않은가' 하면서 태연하게 반복한다. 그러한 생활을 이, 삼십 년 계속한 결과가 간경화나 암으로 나타나면, 그 순간부터 허둥지둥 놀라며 매우 다급해한다. 그러나 그것은 당연한 귀결이다.

누구나 마찬가지지만, 몸은 역시 얼마나 신경 써서 잘 관리하느냐에 비례해 오랫동안 건강을 유지하게 되는 것 같다. 나처럼 어려서 전쟁을 경험한 세대는 아주 보잘것없는 음식을 먹으며 자라서인지, 국가적 빈곤이 어느 정도 해소된 이후에도 일상의 조촐한 음식들을 감사하는 마음으로 즐겁게 먹는

습관이 남아 있다.

더욱 다행스러운 것은 나는 단 음식을 별로 좋아하지 않는다는 것이다. 오히려 가끔씩 소금이 갑자기 먹고 싶어진다든지, 짠 음식을 먹으면 '야, 참 맛있다' 하며 즐거워한다. 소금을 맛있다고 느끼게 된 것이다. 선천적으로 저혈압이었기 때문에 소금을 섭취한다고 해도 현재까지는 심하게 건강을 해치는 일 없이 잘 지내왔다.

단무지나 짠맛 나는 딱딱한 과자들도 좋아했기 때문에 자연히 이도 좋아졌다. 그러나 유전성 근시였기 때문에 어렸을 때부터 얼마나 많은 돈을 안경에 투자했는지 알 수 없을 정도이다. 그 대신 틀니 신세를 지지 않고 지내고 있으므로, 그 차액을 계산해보면 손해를 약간 만회한 정도라고 할까. 아무튼 이 나이가 되기까지 큰 병으로 입원하는 일이 별로 없었다는 것은, 결과적으로 '몸에 좋은 소박한 식사'를 꼬박꼬박 규칙적으로 해온 덕분이라 생각한다.

아무리 무절제한 생활을 하더라도 전혀 아무런 탈 없이 건강한 몸을 유지하는 사람도 있다. 그러나 대부분의 경우는 어느 정도 건강한 몸을 가꾸는 노력을 참을성 있게 꾸준히 계속함으로써, 가까스로 건강한 몸을 유지할 수 있는 거라고 나는 생각한다. 무절제한 생활을 하면서, 중년 이후도 건강하게 살아가려 한다면 지나치게 염치 없는 이야기가 된다. 집도 기계도 마찬가지이다. 정성을 들여 잘 가꾸면 상당히 오랜 기간 기분 좋게 잘 사용할 수 있다. 그러나 거칠게 난폭하게 다루면 바로 닳아 망가지게 된다.

물론 반대의 경우도 있다. 몸에 좋은 것 외에는 일절 하지 않는 사람 말이다. 비가 오면 감기 걸릴까봐 외출을 포기하고, 친구가 병이 났을 때도 감염이 두려워 병문안 등은 생각도 못한다. 여행은 가고 싶으나 더위, 추위, 정세 변화, 테러리스트, 마약, 자동차 사고, 권총 소지자들, 도둑과 소매치기, 날치기, 호텔 비상 계단의 미비, 말라리아, 에이즈 그밖에 여러 가지 질병, 화산, 지진, 나쁜 기후, 별똥별이 떨어질지도 모른다는 생각, 비행기 사고 등 이것저것 모조리 생명의 위험과 결부지어 생각하기 때문에 더 이상 아무 곳에도 갈 수가 없다.

그와 같은 사람이란 무섭거나 위험이 예상되는 일은 절대로 하지 않는다. 따라서 재미있는 경험은 전혀 불가능하다. 그리고 젊었을 때부터 이미 그러한 유형의 사고를 갖게 되면 나이가 들수록 점점 더 심해지게 된다.

건강에 대한 집착도 중년 이후에는 그 도가 더욱더 심해진다. 내가 아는 고령자 몇 사람은 걷는 것이 몸에 좋다고 하자, 하루에 다섯 시간도 여섯 시간도 마다 않고 걷는다. 그렇게 되면 산다는 것이 오로지 걷는 것이 되며, 그 밖의 다른 생산적인 일은 못하게 된다. 고령이 되어 병으로 자리에 누워 일어나지도 못하는 것보다는 걸어다니기라도 하는 것이 주위 사람에게 불편을 주지 않아 좋을지는 모르겠지만, 건강이란 살아가기 위한 하나의 조건에 불과한 것이므로, 건강 유지 그 자체가 삶의 목적이 된다면 아무런 의미가 없는 것이다.

체력이 떨어지는 것을 한탄하는 사람이 많은 것 또한 당연하다. 하지만 거꾸로 생각하면 체력이 왕성했을 때는 생각할

수 없었던, 인생을 바라보는 안목도 분명 생겨, 그러한 것이
훌륭한 사람을 만드는 것이 아닌가 하는 생각도 든다.

젊었을 때는 정의라는 것을 중요한 것으로 생각했다. 물론
나도 정의를 대단히 좋아하나(현재완료형) 나이가 들면서 정
의라는 명분상의 정열을 앞세우기보다는 마음에 들지 않는
타인에게도 친절을 베푸는 것 등이 훨씬 어려운 자세이며 위
대한 덕(德)이라는 것을 알게 되었다.

이 책의 네 번째 항목인 '정의보다는 자비'에 대해 기술했
으나, 어설픈 정의감 따위란 누구든 말로는 다 잘할 수 있다.
그러나 자비의 마음을 갖는 것은 훨씬 더 어려운 일이다. 구
약성서의 잠언에는 "사랑은 온갖 허물을 덮어준다."(10장 12
절)라는 말이 있으며, "사람이 슬기로우면 좀처럼 화를 내지
않는다. 남의 허물을 덮어주면 영광이 돌아온다."(19장 11절)
라는 말로도 잘 기술되어 있다.

나이가 들어 체력이 떨어지는 것을 느끼게 되는 무렵이면
근면이나 성취욕에 대해서도 일종의 '의구심'과 '어리석음'
을 (그리고 물론 '다부짐'도 새삼스레) 깨닫게 된다. 근면하
다든가, 성취욕을 갖는 것이 나쁘다는 것은 아니다. 그러나
그러한 체력과 정신과의 복잡한 심리를 이해하게 되는 것은
인간의 한계를 이해할 수 있는 중년 이후에, 그것도 좌절과 죽
음에 대처하는 자신의 모습을 깨달은 때부터이다. 중년 이전
의 사람들은 어딘지 모르게 젊음을 믿고 우쭐해하는 마음이
있어 긴 안목을 갖지 못하며 자신이 처해 있는 입장도 잘 알지
못한다. 인간 내면의 중층적인 구조도 결코 이해할 수 없으

며, 마음의 동요로 생기는 변화도 포착할 수 없다.

　같은 구약성서의 '전도서' 중에는 다음과 같은 대목이 있다.

　"사람의 마음을 무겁게 하는 억울한 일이 하늘 아래 있는 것을 나는 보았다. 부귀 영화를 아쉬움 없이 하느님께 받았으면서도 그것을 마음껏 누려보지 못하고 엉뚱한 사람에게 물려주는 일이 있다. 헛되다 뿐이랴, 통탄할 일이다."(6장 1~2절)

　왜 그 모든 것을 누릴 수 없었는가에 대해서는 씌어져 있지 않다. 그러나 지금도 그러한 예들은 얼마든지 있다. 돈은 산만큼 쌓여 있는데 늘 병을 달고 산다든가, 돈 쓸 시간이 전혀 없다든지, 가정이 원만하지 않다든지 하는 사람들이 종종 있다. 그래서 그가 필사적으로 번 재산을 쓰는 사람은 그 자신이 아닌, 회사 종업원이라든가, 못난 아들이라든가, 싫어했던 형제들이 된다.

　다행스러운 것은 상당히 단순한 사고방식을 갖고 있는 사람이라도, 중년 이후에는 결국 단순 반응만으로는 살아갈 수 없다는 것을 알게 된다는 것이다. 인생이란 이론대로 되지 않는 것이다. 하나 더하기 하나는 둘이 아니다. 경우에 따라 넷도, 다섯도 될 수 있으며, 혼심을 다해 노력했지만, 하나 그대로인 경우도 얼마든지 있을 수 있다는 것도 알게 된다.

　젊었을 때는 자신의 생각대로 되는 일에 쾌감을 느낀다. 그러나 중년 이후에는 자신의 견해, 예측, 희망 등이 어긋날 수 있다는 것을 납득하게 되고, 그러한 과정 속에서 일종의 여유를 얻게 되는 것도 가능하게 된다. 다시 말해서 이 지구란 자신의 얄팍한 지혜로는 도저히 감당할 수 없을 만큼 대단한 존재라고 생각하게 된다. 그렇게 생각할 수 있다면 아무리 일이 안 풀려도 자살할 정도로 자신을 막다른 지경까지 몰아넣는 일도 없을 것이다. 그와 반대로 일이 잘 되었어도 자신의 공이 아니라 아마도 운이 좋았기 때문이라며 마음 편하게 생각할 수 있을 것이다.

　모든 사람이 다 똑같다고는 말할 수 없다. 그러나 이 세상일 모두가 계산대로만 된다고 믿는 사람이나 계산대로 되지 않는다고 화를 내는 사람은, 사진 속에서도 그저 나이만 들었을 것 같고, 계산대로 되지 않는 것을 오히려 재미있어 하는 사람은 아마도 젊었을 때의 사진보다는 나이 든 후의 사진에서 훨씬 매력적인 인물로 보일 거라는 생각이 든다.

　'전도서'의 마지막에 다음과 같은 구절이 있다.

　"그러면 어떤 사람이 지혜 있는 사람인가? 사리를 알아 제대로 풀이할 수 있는 사람은 어떤 사람인가? 찡그린 얼굴을 펴고 웃음을 짓는 사람이 지혜 있는 사람이다."(8장 1절)

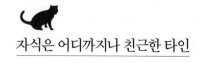

자식은 어디까지나 친근한 타인

　중년에 봉착하는 한 가지 문제는 아마도 자식에 대한 문제일 것 같다.

　솔직히 말해 나는 아직도 부모에게 있어서 어떠한 자식이 가장 이상적인지 잘 모르겠다. 부모에게 순종하고 명랑하며, 공부도 잘하고 세상 사람들도 부러워하는 좋은 학교에 들어가, 흔히 말하는 출세가도를 달리고 있는 청년들도 몇 명인가 만났었다. 그러나 그렇게 운 좋고 안심되는 (이 말은 어쩌다 잘못해도 범죄 따위는 저지를 것 같지 않은) 청년을 보아도 흐뭇한 느낌으로 바로 연결되지 않는 경우가 많았다는 것이 나의 솔직한 마음이다. 그들이 스스로 진정 원하는 일을 강한 개성으로 하고 있는 걸까, 하는 의구심을 떨쳐버릴 수 없기 때문이었다.

나는 점차 조직 속에서 움직이는 이른바 수재 엘리트들이란 나약한 사람들이라고 생각하게 되었다. 그들의 대부분은 권력도 지위도 얻고, 자신의 능력을 믿고 있는 듯이 보이지만, 어딘지 모르게 마음 한구석에서 실은 늘 자신이 없고 주변으로부터 공포감을 느끼고 있었다. 자신이 무시당하고 있는 것은 아닐까, 조직에서 이탈되면 어떤 취급을 받게 될까 등등, 지레 겁을 먹고 항상 주위 사람들의 행동을 유심히 살피면서, 그들과 자신의 행동이 얼마나 다른지를 늘 걱정한다. 바꿔 말하면 다르지 않아야 안심하게 된다는 것이다. 모든 사람이 하고 있는 것, 느끼고 있는 반응, 이러한 것들과 자신이 다르지 않으면 옳다고 생각하는 심리를 보면, 수재이기는커녕 평범하고 재미없는 정신의 소유자일 뿐이다. 다른 사람과 다를 것이 없다는 것은 좋지도 나쁘지도 않은, 다시 말해서 어디서나 흔히 볼 수 있는 평범한 사람임을 말해줄 뿐이다.

그러나 그런 유형의 사람일수록 자신은 상식적이고 우수한 사람이며 어쩌다 실수하는 일은 있어도 평범하지는 않다고 생각한다. 그러한 사고방식으로 일생을 보낸다는 것이 행복한 것인지 어떤지는 물론 당사자가 선택할 문제로 다른 사람이 판단할 일은 아니다. 당사자가 그것으로써 행복하다고 생각한다면 타인이 그것에 대해 왈가왈부할 일은 못 된다. 결혼도 마찬가지이다. 어떠한 상대라도 당사자가 행복하다면 그것이 최고의 결과인 것이니까.

아주 오래 전에 나는 도둑 부부의 이야기를 쓴 적이 있다. 비판받을 각오를 하고 쓴 글이었는데, 부부 중에 어느 한쪽에만 도벽이 있으면 그것은 비극이지만 부부 둘다 도둑질이 취미라면, 부부 중 어느 한쪽의 도벽으로 고민하는 부부보다는 행복하다고 썼다. 그렇다고 해서 나는 사회나 타인의 가정에 폐를 끼쳐도 괜찮다는 말은 아니다. 하지만 남편만 게으름을 피운다든가, 아내만 도벽이 있어 고민하는 부부의 심각한 모습을 보게 되면, 나는 바로 아이들을 데리고 도둑질이나 날치기에 열을 올리는 집시 가족의 생동감 넘치는 모습을 떠올리게 된다.

혼히 말하는 집시들을 나는 인도에서 많이 보았지만 어떠한 사람이든지 나쁜 짓을 하게 되면 차별받는 것은 당연하다. 유럽이나 동구권 국가의 길거리에서 우리가 만난 집시들은 무법자가 많았다. 주유소 한모퉁이에 허락도 없이 제멋대로 기거하며 밥을 짓는다거나, 입수 금지된 공공 연못에 들어가 수영을 한다거나, 때마침 우연히 그곳을 지나가는 행인들에게 케첩을 뿌려 놀라게 하고는 그 사이에 돈을 빼앗거나 했다. 그러나 그들은 부모와 자식이 합심하여 그 놀라운 솜씨의 '가업(家業)'에 전력 투구하고 있었다. 그러한 행동에는 가족의 행복이라 여기는 그들 특유의 사고방식이 확실하게 자리잡고 있는 것처럼 여겨졌다.

솔직히 말해서 나는 자식이 있다는 행복감보다는 오히려 고생스러운 면이 훨씬 더 큰 것 같은 생각마저 하게 된다. 주사가 있다든가, 게으름을 피운다든가, 어디에 가든지 환영받지 못해 일을 오래 계속하지 못한다든가, 말은 그럴 듯하게 하면서 일정한 직업을 가지려 하지 않는다든가, 최근에는 자원 봉사 활동은 하면서 처자를 부양하는 일에는 관심을 갖지 않는다든가, 혹은 명백한 정신 장애 등등으로 자식이 부모의 걱정거리가 되는 경우는 얼마든지 많다.

내가 옛날에 알고 지내던 사람 중에, 외동딸을 둔 사람이 있었다. 남편을 잃은 후 그녀는 외동딸과 단둘이서 살아왔는데, 언젠가는 사위를 맞이하여 한집에 살면서 손자들과 오손도손 즐겁게 사는 것이 그녀의 꿈이었다.

그러나 딸은 어딘지 모르게 엄마와는 성격이 달랐다. 특별이 별난 사람은 아니었으나 엄마의 그러한 소박한 바람에 대해 제대로 이해하려들지도 않았고 무관심했다.

그 엄마는 이윽고 나에게 자신의 속마음을 숨김없이 털어놓게 되었다. 딸은 은행원과 결혼한 후 해외 부임 날짜를 눈앞에 두고 있었는데, 엄마도 딸이 좋은 남편을 만나 손자도 태어난 지금 그들의 결혼에 불평할 만한 입장이 아닌 것을 잘 알고 있었지만, 곧 혼자 남게 될 적적함을 푸념했던 모양이었다. "앞으로 혼자서 어떻게 살아가야 좋을지 모르겠다."든지', "딸 내외와 부임지에서 함께 살수 없을까?'라는 식으로 말을 한 것 같았다.

그러자 딸은 지금까지 가슴속에 품고 있었던 생각을 한꺼번에 퍼부어댔다. "엄마 혼자서 살아가세요."라는 식으로 '최후 통첩'을 들이댔다. 전근을 계기로 자신들은 어머니와는 따로 살 생각이다, 인간은 스스로 자신이 살아나갈 길을 찾아야 한다, 이 경우의 '인간'이란 분명 어머니를 가리키고 있었다. 더 이상 어머니라는 이유만으로 자신들의 행복한 가정에 함부로 끼어들 권리가 있다는 생각은 하지 않았으면 좋겠다는 것이 딸의 항변이었다.

물론 딸의 말에도 일리는 있다. 또한 어머니가 여태껏 해온 방식에 잘못된 것도 있었을 것이다. 오랫동안 엄마와 딸이 함께 생활해오면서, 늘 딸의 행복을 바라는 마음이었기 때문에, 자신이 어떤 말을 해도 스스럼없을 것 같은 마음에 방심하고 그런 말을 했을지도 모른다. 그러한 연장선에서 딸이 결혼한 후에도 딸의 사생활을 자신의 생활과 동일시해 간섭해온 경향도 있었을 것이다.

그러나 아무리 그렇다고 해도 딸이 그 정도로 심하게 말할 줄은 몰랐다며 그 엄마는 큰 충격을 받았다. 왜 우리 딸에게는 인간의 기본이라 할 수 있는 인정이 없는 것일까, 자신은 딸을 키우면서 그런 인간이 되리라고는 생각지도 못했는데…, 하면서 말이다. 덕인지 인정인지는 모르겠으나 그러한 것이 없는 인간은 아무리 공부를 많이 하고, 제 아무리 출세를 해도 의미가 없는 일이라고 그녀는 내게 말했다.

이 엄마에게는 한 가지 끔찍한 과거의 기억이 있었다. 엄마는 오래 전부터 병약해서 자주 병원에 입원하곤 했는데 그러는 동안 외동딸을 고모 집에 종종 맡겨두었다. 그러던 어느 날 딸이 연못에 빠져 죽을 뻔한 적이 있었다. 물론 그때 다행히 목숨을 건졌기 때문에 오늘날의 갈등이 생긴 것이긴 하지만, 엄마는 그 사고 후 참 운이 좋았었다고 오랫동안 나에게 곧잘 말해왔다. 그러나 딸과의 갈등이 심해지게 되면서, 급기야 그녀는 차라리 딸이 그 사고 당시 죽어버렸더라면 하는 생각까지 하게 되었다.

물론 엄마에게 있어서 자식의 죽음처럼 슬픈 일은 없다. 그러나 살아 있는 자식으로부터 버림받거나, 보고 싶지도 않다는 말을 들을 정도로 괴로운 일도 없다. 차라리 자식이 죽었다면 쓸쓸하기는 해도 단념하게 된다. 어째서 딸이 그때 죽지 않았을까 하는 생각을 순간적으로 하게 되었다고 한다.

이런 끔찍한 생각 자체가 또한 이 엄마에게 상처를 주었다. 엄마로서 자기 딸의 죽음을 바라는 것이 대체 있을 수 있단 말인가. 자신은 지금까지 그 누구의 죽음도 기원해본 적이 없었다. 모두 다같이 즐겁게 잘 살아가는 것만을 소망해왔다. 그러나 지금처럼 자신이 버림받은 채 계속 살아야 할 바에야, 차라리 딸이 죽어 없는 편이 오히려 속 편한 일이 아닐까 하는 생각도 들었던 것이다.

그러나 얼마 지나지 않아 그녀는 자신의 그러한 생각이 참추하다고 느끼게 되었다. 딸의 죽음이나 바라는 자신이야말로 더 이상 인간으로서 살 가치도 없다고 느꼈다. 그러나 자살은 기독교 교리에도 위배되는 것이므로 어떻게든지 자연스럽게 하루라도 빨리 숨을 거둘 수 있도록 하나님께 기도하게 되었다. 그것이 지금 자신이 할 수 있는 가장 평온한 마음가짐이라고 나에게 말했다.

그것 또한 괜찮은 것 아니냐고 나는 대꾸했다. 하루 빨리 죽게 해달라든가, 그 무엇이든 인간은 하나님께 솔직하게 자신의 희망을 이야기할 자유가 있다. 그리고 희망 그 자체가 반드시 옳은 것일 필요는 없다. 때때로 하나님은 타이르듯이 조용하게 인간의 잘못된 요구를 바로잡아주시는 일이 있으므로 그런 순간이 왔을 때 억지 고집만은 부리지 않도록 하고, '아아, 그렇습니까. 그럼, 그렇게 하겠습니다.' 라고 웃으며 받아들일 수 있는 마음만은 꼭 간직하고 있으라고 나는 말해주었다.

나이가 들수록 나는 인간의 가식 없는 자연스러움을 좋아하게 되었다. 바람직한 것은 아니나, 화가 치밀어오를 경우는 화를 내면 그만이다. 어리석은 판단이라 생각되면 '어리석은 짓인데' 하면서 어리석은 판단에 운명을 맡기는 것도 괜찮을 것이다. 그러한 어리석은 과정 없이 인간은 스스로 현명함을 터득하지 못할 것 같다는 생각도 든다.

그래봤자 결국 부모 자식 간의 언쟁이다. 오고 가는 말 속에 불쾌감도 많았을 것이다. 그리고 그 엄마가 배신당하고 버림받았다는 허무함을 뼈저리게 느낀 것도 사실이다. 그것은 처음부터 자식이 없다는 쓸쓸함이 아닌, 오히려 자식이 있음에도 불구하고 '우리 집에 더 이상 오지 마라'와 같은 말을 들었을 때 느끼는 쓸쓸함으로, 분명 그것은 처음부터 자식이 없는 것보다 더 못한 쓸쓸함일지도 모른다.

자식이 있는데도 허전함을 느끼는 사람은 상당히 많다. 그에 비해 처음부터 자식이 없는 사람은 그다지 허전하지 않다. 단지 자식이란 참 묘하게도 좋게든 나쁘게든 인생을 진하게 만든다. 기쁨도 증오심도 배가시킨다. 이것이 자식이라는 존재가 주는 선물이다. 그러나 배가된 기쁨은 좋지만, 배가된 고민은 싫다고 하는 사람의 마음도 나는 잘 이해하기 때문에

118

역시 무자식이 상팔자라고 하는 사람에게 감히 반대하고 싶은 생각도 없다.

자식은 어디까지나 친근한 타인으로 생각하는 것이 좋다. 그것은 형무소를 출소한 날 아무것도 묻지 않고 조용히 맞이하며, 목욕을 하게 하고 좋아하는 음식을 준비해놓는 아주 특별한 타인이다. 부모 이외의 어느 누구도 이러한 일을 할 수 있는 사람은 없다.

자식이란 존재에게서 무엇인가를 기대하는 것도 자유겠지만, 그러한 기대는 대체로 십중팔구 어긋나게 마련이다. 기대를 저버리지 않는 자식도 많으나, 그러한 경우는 자식에게 개성이 별로 없거나, 부모 때문에 진로가 막혀버렸다는 의식을 갖고 있는 경우도 많다. 물론 부모의 뜻을 잘 따르고 부모가 원하는 대로 진로를 선택해서 성공한 자식도 많이 있을 것이다.

중년 이후, 자식은 점차 부모 뜻과는 상반된 진로를 택해 나아가게 된다. 지금까지는 늘 부모와 함께 여행했으나, 부모보다는 친구들과 어딘가에 놀러가고 싶어한다. 부모와는 전혀 다른 취미, 놀이, 쾌락, 말투, 복장, 태도, 생각 등을 갖게 된다. 그것이 정상이다. 혹시 부모와 완전히 똑같은 생활 방식이나, 사고 방식을 갖고 있는 자식이 있다면 오히려 그것이 비정상일지도 모른다.

고베(神戶) 살인 사건의 용의자인 소년의 부모에 대해 매스컴은 억측된 여러 가지 기사들을 썼다. 아버지는 조용하며 말수가 적은 사람이고, 어머니는 자주 소년을 꾸짖었으며 소년은 그런 어머니를 무서워해 멀리했다는 등, 거의 모두 부정적으로 썼다. 그러나 생각하기에 따라서 그 아버지는 항상 소년의 지지자였고, 어머니는 응석을 받아주는 일 없이 엄하게 소년을 교육시키려 했던 좋은 부모였을 수도 있다. 그럼에도 불구하고 소년이 이상(異常) 성격이 되어 잔인한 살인을 저지른 것은 아마도 유전자 탓일 것이다. 유전자란 어쩔 도리가 없는 것 아닌가.

피해자 가족 중 한 사람은 가해자 소년의 부모가 한 번도 사죄하러 오지 않았다고 비난하자, 매스컴도 그것에 동조하는 논조였다. 그러나 혹시 왔다면 온 것에 대해 "뻔뻔스럽게 사죄한다고 어떻게 감히 이 집안에 발을 들여놓을 수 있는가. 사죄한다고 끝나는 일인가. 죽은 아이를 살려내라. 피해자는 가해자의 얼굴 따위는 쳐다보고 싶지도 않아."라고 소리쳤을 것임에 틀림없다. 그 부모는 아들의 그런 행동에 대해 오랜 세월 동안 불안감에 휩싸인 채, 그러나 자신들이 정작 할 수 있는 일은 아무것도 없었다고 하는 것이 아마도 진실일 것이다.

내가 자식을 친근한 타인으로 생각하려 하는 것은, 내 능력으로는 도저히 어떻게 해볼 재간이 없는 슬픔이 여기저기 얼마든지 널려 있기 때문이다.

어디에나 지옥과 천국은 있다

다이애너 황태자비의 사후, 홀로 남은 찰스 황태자의 인기가 올라가고 있다고 한다. 이 부부의 서로에 대한 신뢰 관계는 오십보백보라는 느낌이 든다. 불륜의 사실이 있었던 왕비였지만, 장례식에서 찰스 황태자가 그녀의 관을 따라 걸어가는 모습은 남겨진 두 아들에게만큼은 좋은 아버지가 되겠다고 노력하고 있는 것처럼 보였다. 또 그러한 점이 국민의 눈에는 호의적으로 받아들여졌을 것이다.

영국 왕실은 다이애너의 사후 완전히 변했다. 국민들에게 가까워지기 위해 필사적으로 애를 쓰고 있다는 식의 기사도 보았지만, 나는 엘리자베스 여왕에게는 상당히 동정적이다. 그러한 며느리는 현명함과는 거리가 멀기 때문에, 여왕 입장에서 보면 참 난감했을지도 모른다. 왕실이나 황실이란 곳은 서민과 달리 도덕적이어야 한다는 최소한의 의무를 갖고 있는데, 다이애너 황태자비는 그런 최소한의 의무마저 저버렸던 사람이었기 때문이다.

찰스 황태자가 산타 클로스와 비슷한 모자를 쓴 남자와 나란히 아주 편안하게 휴식을 취하는 사진이 AFP 통신의 기사와 함께 나온 적이 있었다.

제목은 "황태자와 거지. 찰스 황태자, 런던의 빈민가를 방문중, 옛날 축구 친구를 발견함.", "경이의 대면. 44년 전 찰스 황태자는 클라이브 해롤드 씨와 미식 축구를 하며 놀았다."라는 사진 설명도 나란히 있었다.

12월 초순, 황태자는 런던의 노숙자들을 방문하고 있었는데, 그곳에서 뜻밖에도 옛날 급우를 만났던 것이다.

사진에서 황태자는 중년 남자 옆에 앉아 있었다. 클라이브 해롤드, 옛날에는 찰스 황태자의 급우였으나 지금은 노숙자를 위한 잡지 〈빅이슈〉를 호반 지하철역 입구에서 팔면서 간신히 입에 풀칠을 하며 살아가고 있는 인물이었다. 그는 49세로 이전에는 저널리스트이자 작가였다.

"전하, 우리들은 같은 학교에 다녔습니다."

해롤드가 이렇게 말하자, 황태자는 야윈 데다 주름투성이인 그의 얼굴을 물끄러미 바라보았다.

"정말? 어디서, 언제?"

"1950년대 후반에 힐 하우스 상급 초등학교입니다. 전하와 저는 똑같이 귀가 큰 것에 대해 서로 웃곤 했습니다."

정확하게 말해서 그것은 1957년 1월의 일이었다. 황태자는 둘이 함께 축구하며 놀던 기억을 떠올렸다.

해롤드는 유복한 금융가의 아들로 작가로서도 유명해지고, 〈쇼 비즈니스〉의 가십 기사 필자로도 세상에 널리 알려진 인물이었다.

그러나 두 번째 결혼에 실패하면서부터 그는 과음하기 시작했다. 황태자는 해롤드에게 길거리에서 정처 없이 떠돌아다니며 홈리스 생활을 하게 된 내막을 물었다.

"술 때문입니다."

그가 대답했다.

찰스 황태자는 해롤드가 내민 그의 잡지 〈빅이슈〉에 사인을 하고, 그의 등을 두드리며 "잘 있어."라는 말을 남긴 후 그곳을 떠났다.

신문은 '찰스의 급우'였던 클라이브 해롤드에 관한 특종 기사와 해설을 게재했다.

찰스가 웨일즈의 왕자로서 노력하고 있을 무렵, 해롤드는 매스미디어 방면에서 전력 투구하며 판로를 개척하고 있었다. 1965년 학교를 졸업한 후, 그는 홍보 일을 시작했다. 1970년대 초반에 그는 저널리스트의 길을 걷기 시작했고, 〈Women's Own〉, 〈The Evening Standard〉, 〈The Sun〉의 단골 집필자였다.

1970년대 말에서 1980년대 초, 황태자가 다이애너 스펜서와 약혼했을 때, 해롤드는 로스앤젤레스에서 〈쇼 비즈니스〉의 필자로 활약했다.

해롤드에게는 아주 훌륭한 아내가 있었다. 그녀는 현명했던 만큼 해롤드를 어린애처럼 잘 다루었다고 친구들은 증언하였다. 〈Woman〉, 〈Women's Own〉, 〈Now〉의 편집장이었던 데이비드 더먼에 의하면 해롤드는 언제나 가십란의 기자다운 세련된 옷차림에다 여성들의 마음을 사로잡는 매력 넘치는 남자였다. 인기가 많았던 그에게 사무실까지 찾아오는 여자들도 많았다.

나는 그가 《초대받지 못한 사람》의 필자라는 사실을 이번에 처음 알았다. 나는 그 작품을 읽지는 않았으나, 책 제목 정도는 기억할 만큼 유명한 책이었다. 그 작품은 1979년도의 베스트셀러 8위였다.

클라이브 해롤드라는 인물은 한때 잘나가다가 몰락하여 삐쩍 마르고 초라하게 된 인생의 패배자로 기사화되었지만, 사진에서는 전혀 그렇지 않았다. 물론 사진 찍는 그 순간을 위해서 해롤드가 술을 단숨에 들이켜 알코올 중독 증세를 감추고, 혈기 왕성한 모습으로 비춰졌을 수도 있다. 어쨌든 그의 눈빛은 빛났고, 웃으면서 그를 매스컴에 소개하고 있는 듯한 황태자보다는 해롤드 쪽이 훨씬 배짱 두둑한 매서운 눈초리를 하고 있었다.

그 사진이 내 마음에 오래 남아 있게 된 것은, '중년 이후'란 바로 그러한 해후가 가능한 나이라고 느껴졌기 때문이었다.

천양지차라는 말처럼 황태자라는 신분과 가십 기사의 필자라는 직업은 신분적으로 그야말로 엄청난 차이라는 생각이 든다. 게다가 지금의 해롤드는 더 이상 추락할 곳조차 없는, 상상하기 어려울 정도의 홈리스 생활을 할 만큼 비참하게 몰락했다.

물론 해롤드는 다이애너 황태자비의 이혼, 남자 관계, 갑작스런 죽음까지 그 모든 것을 알고 있었을 것이다. 그리고 황태자 부처에게도 화려한 모습에 가려진 지옥과 같은 경험이 있었음을 간파하였을 것이다.

해롤드도 부유한 가정에 태어나 몰락하기 전까지는 먹고 사는 일에 걱정을 해본 적이 없는 사람이었다. 그렇다고 해서 끝까지 행복이 보장되어지는 것도 아니었다. 〈쇼 비즈니스〉의 가십 기자 생활을 하다보면, 그러한 필자에 걸맞은 세상 풍파를 겪었을 것이다. 내 느낌으로도 가십 기사는 물론이고, 타인에 대해서 쉽사리 "그 사람은 이런 이런 사람이었습니다, 이러이러한 말을 했습니다."라는 기사를 쓰는 사람이란 감각이 황폐한 사람이라는 표현 이외에는 할말이 없다.

그러나 해롤드는 황태자는 행복하며 홈리스가 된 자신은 불행하다고 하는 틀에 박힌 듯한 뻔한 사고가 이제는 통하지 않는다는 것을 익히 알고 있었다. 그러한 통찰이야말로 바로 중년 이후에야 비로소 가능한 인간의 안목이다.

가십 기자라면 웬만한 일은 묵인되어진다. 여배우나 극단 관계자와 남녀 관계로 발전되어 그 사실이 사람들의 입에 오르내려도 별로 대수로운 일이 못 된다. 파파라치가 노리는 대상도 아니고, 오히려 해롤드라면 그런 일들을 잘 처리해나가는 방법도 알고 있을 것이다. 혹은 자기 자신이 그러한 가십 기사의 이야깃거리가 되는 것이야말로 '돈벌이' 가 되는 일이었을지도 모른다.

그러나 왕실의 일원이라면 그것으로 끝나지 않는다. 일반 서민들의 경우라면, 남편의 바람기나 아내의 불륜은 종종 있을 수 있는 것으로 주변 사람들의 심심풀이를 달래는 소문만 무성하게 나며 끝나게 된다. 옆집 부인이 남편 없는 틈을 타서 어디에 가는 걸까, 하며 창 너머로 호기심 어린 눈빛으로 몰래 훔쳐보는 일은 있어도, 살기등등한 매스컴의 카메라맨들이 금붕어의 배설물처럼 줄기차게 뒤를 쫓는 일은 없다.

반면에, 왕실 구성원은 외부인과 바람을 피우는 일 자체가 불가능한 일이다. 어디를 가든 경호가 뒤따르고 개인적인 용무조차 볼 수 없다. 그러므로 그들의 상대는 늘 뻔한, 가까이에 있는 경호 장교이거나 왕궁 내에서 접할 수 있는 특별 계급의 사람들이다.

젊었을 때에는 왕이나 황태자, 대통령이나 총리 등 높은 지위에 있는 사람들이 가장 행복할 거라는 착각을 품게 된다. 사람들에게서 대접받고 유명인과 교제하고, 물질적으로도 최상의 꿈 같은 생활이 가능하며, 무엇보다도 무시당하는 일이란 전혀 있을 수 없다고 생각하기 때문이다.

왕실의 구성원이라면 특별기로 어디로든 여행이 가능하며 경호가 딸려 안전도 보장된다. 많은 수행원이 함께 동행함으로 자신이 숨을 헐떡거리며 가방을 들고 다닐 필요도 없고 숙박 호텔도 초일류, 산해진미, 멋진 선물, 국가 원수와의 대면 등등….

그러나 그런 것들이 대체 무슨 의미가 있을까. 대부분의 인생 드라마란 그러한 곳에서는 있을 수가 없다. 인생의 드라마는 길모퉁이나, 역 앞이나, 혹독하게 추운 다리 위나, 허름한 모텔이나, 등산객들로 시끌벅적한 산속의 작은 움막이나, 오래된 공장이나, 싸구려 술집 등에서 생기게 된다.

그러나 똑같은 인간으로 태어났음에도 불구하고, 황태자 찰스가 일생 동안 그러한 가슴 벅찬 감동을 체험하는 것이란 불가능한 일이다. 내가 해롤드였다면 자신의 행운을 '황태자로 태어나지 않은 것만도 천만 다행이었다'며 다시 한 번 확신했을지도 모른다.

홈리스들이 떼 지어 모여 있는 섣달 그믐의 길모퉁이에서 시찰차 방문한 찰스와 만났을 때, 해롤드는 아마도 마음속에서 '우린 서로 똑같이 참담한 운명이구려'라고 말했을지도 모른다. 물론 그러한 느낌을 말로 표현할 수는 없는 것이다. 그러나 어느 정도 나이가 들면 이미 겉으로 드러나 보이는 인생의 행·불행에 대해 정확하게 알 수 있게 된다. 내면의 불행은 개인의 문제로서, 그것은 누구에게도 일어날 수 있으며, 원인은 환경의 탓만도 아니다. 그러나 인생이란 물질적으로 풍족하더라도 괴롭고, 부족해도 괴롭다는 사실을 깨닫는 일이다.

단 한 장의 재회 사진에서 보여준 해롤드의 매서운 시선은 과연 무엇을 말하고 있었을까. 아마도 모든 것을 바쳐서 자신이 갈망했던 것은 바로 자유였다는 것을 확인한 것은 아닐까. 한쪽은 최고의 영예와 권력과 호화스런 생활을 누리고 있다.

그러나 다른 한쪽은 인생의 맨 밑바닥까지 몰락하고 말았다. 알코올 중독에다 무직, 돈도 살 집도 없이 가족에게도 버림받았다. 그러나 그는 지금이야말로 완전한 자유인으로서 더더욱 확실하게 인생을 바라볼 수 있는 안목을 갖게 되었다고 느꼈을지도 모른다.

찰스가 그 몰락한 친구와 교우 관계를 재개하는 일이란 아마도 있을 수 없겠지만, 적어도 그 짧은 순간의 만남에서 그 두 사람은 지극히 자연스러웠던 것 같다. 그와 같은 자연스러움이 바로 오랜 세월을 살아온 인간의 멋진 면모이다. 그들은 서로의 생활에서, 그들이 선택한 세계 나름대로의 지옥과 같은 면이 있다는 것을 해롤드에게서도, 어쩌면 찰스에게서도 느끼고 있었을 것이다.

바로 그러한 순간 그 두 사람은 비로소 평등한 인간이 되었을지도 모른다. 사회적 지위에서는 아직도 천양지차이나, 그러한 단순한 세속적인 비교를 뛰어넘어 그 둘은 현세에서 이미 지옥과, 그리고 때로는 천국을 경험했을 것이다. 그리고 그 천국과 지옥이란 왕의 권한을 갖고서도, 작가의 재능을 갖고서도, 어떤 재간으로도 도저히 피할 수 없는 숙명적인 것이었다.

그러나 그 지옥은 의미 있는 지옥이었을 수도 있다. 그러한 경험에서부터 다시 한 번 그 두 사람은 이 세상을 재인식할 수 있었다. 그렇게 자신의 삶을 뒤돌아보는 모습에서 절실히 느끼게 되는 것이야말로 진정한 인생이라고도 말할 수 있다. 이미 그 두 사람은 누구를 부러워하거나, 우월감을 느낄 필요도 없다. 어느 누구를 경멸하거나, 동정하는 일도 없었다. 어디에나 지옥과 천국이 있다는 당연한 사실을 그 두 사람은 이미 알고 있었으므로.

그러한 순간 사람은 처음으로 평정을 되찾게 된다. '지위가 높은 사람' 앞에서 상기되거나, 남루한 옷을 입은 사람 앞에서 뽐내는 일도 없다. 인간은 어떤 모습을 하고 있다 하더라도 다름아닌 인간일 따름이다.

구태여 부연하자면 다음과 같이 표현할 수 있겠다. "그러한 사실을 단지 막연하게 느끼고 있었기 때문에 그 두 사람의 해후가 신문 기사 거리가 될 수 있었던 것이다." 라고.

가치관의 교차점

　중년 이후의 몸 상태는 중고차와 대단히 흡사하다. 물론 견고하게 잘 만들어진 국산차는 택시로 사용해도 50만 킬로는 큰 고장 없이 잘 달릴 수 있다고 하므로, 전후의 빈곤이나 식량 부족을 모르고 영양 만점으로 자란 중년은 50만 킬로는 너끈히 달릴 수 있는 차처럼 지금까지 잘 달려왔을 것이다. 그러나 중년 이후 해를 거듭할수록 몸이 중고차처럼 되는 현상은 도저히 피할 수 없는 변화이다.

　나이 오십이 코앞에 다가왔을 때, 나는 한때 눈이 몹시 나빠져 작가 생활도 포기해야만 되지 않을까 하며 고민했던 시기가 있었다. 물론 나이가 들어감에 따라 이런 저런 애로 사항이 자연적으로 생기게 마련이다. 다행히 나는 운이 좋았기 때문에 수술이 잘 됐고, 선천적으로 심한 근시임에도 불구하고, 태어난 이래 이제껏 경험하지 못했던 좋은 시력을 가질 수 있게 되었다. 그 무렵의 일이었다.

나는 세계적으로 유명한 한 과학자와 이야기를 나눌 기회가 있었다. 그 사람은 내가 어려운 수술을 이겨낸 것을 마치 친가족처럼 기뻐해준 친구들 중 한 사람이었지만, 우리가 주고받은 대화는 평상시와는 달리 은근히 비꼬아 상대를 당혹케 하는 말투였다. 하지만 그 표현만큼은 걸작이었다.

"만일 어떤 동물이 당신처럼 시력이 나쁜 눈을 갖고 있었다면, 더 이상 먹이를 사냥할 수 없을 테니 자연히 도태되어버렸겠지요. 그러나 인간은 그런 것쯤은 고칠 수 있게 됐으니…."

다시 말해서 내가 만일 사자였다면 나는 이미 오래 전에 굶어 죽었을 거라는 얘기다. 그러나 다행스럽게도 나는 인간이었기 때문에 최첨단의 진료를 받아, 안경을 안 쓰고도 1.2 정도까지 보이게 되었다. 이렇게 수술로 예전에 없던 좋은 시력을 갖게 되는 것을 '개조 인간'이라고 말해도 되는 것일까. 아무리 생각해봐도 약간은 속임수 같은 생각도 든다.

그런데 몇 주일 후인가, 몇 달 후에 나는 그 대학자에게 반론을 가할 수 있는 사실을 입수했다. 그 사람은 이가 약해서 입 안에 의치를 넣고 있다는 사실을 알게 되었던 것이다.

"시력이 나빠 먹이를 구할 수 없는 존재가 생존할 자격이 없는 것이라면, 이가 없어 씹을 수 없는 존재 역시 죽게 되는 건 마찬가지겠지요."라고 나는 아주 대단한 사실을 발견한 양 기고만장한 기분으로 말했다. 서로가 지긋한 나이에 철없는 응수를 하면서 우리는 실컷 웃을 수 있었다. 이렇게 서로의 육체적인 약점을 왈가왈부하며 웃을 수 있다는 것은 두터운 신뢰와 정신의 자유가 있을 때 가능한 것이다. 말로는 서로의 단점을 들추어내면서도, 우리는 현대의 과학적 첨단 기술의 혜택을 받았다는 것을 깊이 감사하며 서로 상대방의 건강과 행복을 축복했다.

중년이 되면 누구든 어느 한 부분이 중고차나 개조 인간이 된다. 눈이 좋은 사람도 안경을 쓰게 된다. 나 같은 사람은 초등학교 때부터 안경을 써왔기 때문에, 노안이 되어 안경을 쓰지 않으면 욕실에서 샴푸와 린스를 구별할 수 없다고 속상해하는 친구들을 보게 되어도 전혀 동정할 마음이 생기지 않는다.

물론 아주 드물게 중년이 되어서도 어디 한 군데 아픈 데 없고, 병원 문턱에도 한 번 가본 적이 없다는 사람도 있기는 하다. 그러나 실제로 그러한 상태가 계속 이어진다는 보장은 아무 데도 없다. 물질이란 사용하면 반드시 낡고 약해지게 마련이다. 심지어 금속도 '금속 피로' 라는 것을 일으키게 된다고 하니 말이다.

한 친구는 어느 날 벽장 정리를 하면서 오래 된 원피스를 찾아냈다. 지금도 입을 수 있지 않을까 싶어 소매에 팔을 넣으려 했으나, 옛날 유행은 양복의 진동 둘레가 대단히 좁았던 탓에 꽉 끼인다고 생각하면서 무심코 옆구리 아래를 만졌는데 거기서 이상한 응어리가 만져졌다. 유방암을 발견하는 순간이었다.

그 친구는 원래부터 대단히 건강한데다 마음도 항상 밝았다. 수술의 어려움은 있었으나, 수술 이후 여전히 건강하다. 한쪽 유방을 도려냈으나 어쩐 일인지 수술 후에도 체중이 똑같다고 해서 우리 모두는 "무슨 소리야, 그런 엉터리 계산법이 어디 있어" 하며 동정은 고사하고 오히려 그녀를 놀릴 정도였다.

그 친구도 한쪽 유방만 있기 때문에 엄밀하게 따지면 '오체 만족(五體滿足, 온몸이 완전한)' 이라고 말할 수 없다. 그러나 그녀는 더더욱 건강한 빛을 발하고 있다.

내가 어렸을 때는 개들을 풀어놓고 길렀다. 당연히 집 없는 개들도 많아 눈곱 끼고 삐쩍 마른 채 머리를 땅에 대고 킁킁 냄새를 맡으며 돌아다녔다.

집 없는 개는 병이 많았다. 피부병에 절름발이, 애꾸눈도 있었다. 그런 개를 볼 때마다 나는 저런 개들도 힘겹게 살아가고 있구나 하며 동정했다. 특히 동물들은 말을 할 수 없다는 것만으로도 한층 더 불쌍했다. 태어날 때부터 시력이 약한 나의 눈이 수술로 볼 수 있게 된 것도, 또 다리가 부러졌어도, 말 못하고 집 없는 개는 아니었기 때문에 여태껏 아무 일 없이 목숨을 유지할 수 있는 게 아닌가.

중년 이후는 누구나 몸의 어딘가는 오체 만족이 될 수 없다. 우리들은 그러한 운명을 항상 명심하며 받아들여야만 한다. 얼핏 보아 건강하게 보여도 당뇨, 고혈압, 녹내장, 관절염, 신경통, 난청 등을 앓는 사람들이 주위에 얼마든지 있다. 병이 잘 낫지 않게 되는 것은 죽음을 향하고 있다는 것이다. 그것은 슬프고도 잔혹한 일이지만 누구에게나 똑같이 찾아오는 공평한 운명인 것이다.

그러나 바로 그 순간 인간은 처음으로 깨닫게 된다. 걸어다 닐 수 있다는 것은 얼마나 축복받은 일인가. 자기 스스로 먹 을 수 있고 배설할 수 있다는 것은 얼마나 위대한 일인가. 더 더욱 아직도 정신이 맑아 다소 철학적인 사고가 가능하다면, 그것은 어쩌면 10억 원짜리 복권에 당첨된 것과도 견줄 만한 요행일는지도 모른다. 이러한 것은 중년 이전에는 결코 생각 할 수 없었던 것이었다. 걸어다닐 수 있는 것은 당연한 것, 달 릴 수 있다? 그것이 어쨌단 말인가, 올림픽 선수에 비하면 나 는 거북이처럼 느리다. 이처럼 우리들 대부분은 감사하는 마 음이 없다.

질병이나 체력의 쇠퇴란 그 누구도 원하지 않는다. 그러나 어느날 갑작스레 병이 엄습하여, 자신의 면전에서 가끔 죽음 과도 같은 난관에 부딪치게 되면 비로소 대부분의 사람들은 육체 소멸의 길을 영혼 완성의 길로 바꾸며 나아가게 되는 것 이다.

체력 지수가 하강하고, 정신 지수는 상승한다. 그리고 그 두 선은 어디에선가 만나게 된다. 그 두 선이 만나는 교차점 을 보게 되는 것이 중년 이후이다.

25년 전부터 나는 해외 일본인 선교사 활동 후원회인 NGO 클럽을 만들어 그 이름대로 해외에서 활동하는 일본인 신부 와 수녀를 경제적으로 지원하는 활동을 하게 되었다. 그들은 가정을 갖고 있지 않으므로 개인적인 사치나 안락을 위해 공금을 유용하는 일이란 거의 있을 수 없었다. 우리들이 송금하는 대부분의 돈도 거의 빠짐 없이 유용하게 사용되어지고 있었다.

우리 후원회는 생면부지의 사람으로부터 가끔 터무니없이 커다란 액수의 돈을 기부받기도 한다. 다음은 거짓말 같지만 실제 있었던 이야기이다.

일반 우편 봉투에 아무런 메모도 없이 75매의 일만 엔권 지폐가 빽빽이 들어 있었던 때도 있었다. 발송인의 주소와 이름은 있으나, 무슨 사연으로 100만 엔 정도의 돈을 기부했는지에 대해서는 전혀 씌어 있지 않은 경우도 한두 번이 아니었다. 453만 엔의 유산을 받은 경우도 있었다. 지난번에는 갑자기 1,600만 엔을 은행 채권으로 보내온 사람이 있었는데 어느 정도의 사정은 밝히고 있었지만 그런 사람들이 우리도 깜짝 놀랄 만한 고액의 돈을 무엇 때문에 기부하는지 그 배후의 사정은 우리로서는 알 수 없다. 그러나 그러한 사람들은 아마도 중년 이후가 아니라면 도저히 불가능한 심경의 변화로 돈의 사용처에 대한 취향이 크게 달라졌기 때문일 것이다.

젊었을 때는 돈이 무엇보다도 소중했다. 취직, 결혼, 자녀 양육, 교육, 집 장만, 이 모든 것에 돈이 들어간다. 돈이란 아무리 많아도 남아도는 법이 없다. 그러나 중년 이후 어느 순간부터 돈이 아무리 많다 하더라도, 대부분의 인생에 있어서 근본적인 해결책이 되지 못한다는 사실을 깨닫게 된다.

물론 속물적인 나는 그런 깨달음에 앞서 돈이 운명을 구해주는 경우도 대단히 많다는 것을 부정할 수 없다. 그러나 예를 들어 부모에게 돈이 있다고 해서 반드시 아들이나 딸이 부모를 소중히 여긴다고는 말할 수 없다. 부모로부터 받은 것에 대해서는 대체로 감사하는 마음을 갖고 있지 않은 자식들이 세상에는 얼마든지 있다. 그러다 보면 그런 아들과 딸에게 돈을 줄 필요가 있겠는가 하는 회의가 생겨 차라리 먹을 우유가 없어 죽어가고 있는 아프리카 어린아이들의 생명을 구하는 일에 그 돈을 사용하고 싶은 생각이 들게 되는 것이다.

정말로 믿을 수 없는 불가사의한 일이며, 흥미로운 일이다. 우리들은 사랑이 사람을 구제한다는 것은 너무나도 잘 알고 있다. 그러나 가끔 증오마저도 사람을 구제할 수 있다는 사실은 중년이 되기 전까지는 도무지 납득할 수 없었다.

시원찮은 변명인지도 모르나, 나나 우리 후원회가 남의 가정의 불화를 이용해서 돈을 기부받으려는 생각을 해본 적은 없다. 자식이 없는 어느 부부가 유언장에 우리 후원회에 기부하겠다는 내용을 써놓겠다고 했을 때도 "좀더 여러 번 곰곰이 생각하고 하십시오.", "일단 유언장에 그런 내용을 쓰셨다고 해도, 다시금 주고 싶은 사람이 생긴 경우에는 곧바로 내용을 정정하십시오."라는 말을 한 적도 있다.

그렇게도 집착했던 돈이었건만, 별반 의미를 인정할 수 없게 되어버린 경우가 생기는 것은 중년 이후에서다. 물론 이런 말을 하면, 현재 회사의 불경기나 부동산 가격 침체로 부채 상환에 어려움을 겪고 있는 사람은 "비아냥거리지 마라. 지금 당장 돈만 있으면 나의 이 모든 고통은 해결된다"고 화를 낼 것 같은 생각도 든다. 그러나 우리가 사는 현실은 여러 다양한 사람과 생각이 공존하는 사회다.

사람의 가치관은 시간의 흐름에 따라 크게 변하게 된다. 젊었을 때, 양쪽 다 미남 미녀로 대단한 멋쟁이였던 부부가 있었다. 부인은 블라우스 한 벌, 핸드백 하나만 봐도 어디서 저렇게 근사한 것을 용케 찾아냈을까 싶을 정도로 대단히 세련되고 멋진 물건들만 몸에 지니고 다녔다. 당시 그 부부를 여행지에서 만난 적이 있었다. 두 사람은 보기 좋은 짙은 밤색 톤의 옷을 똑같이 차려 입고 있었다. 그래서 둘이 함께 걸어가는 모습은 한 폭의 그림과도 같았다. 반면에 우리 부부는 맞벌이로 늘 바쁘게 살아가고 있다. 나는 남편이 어떤 옷을 가방에 넣었는지조차 모른다. 다시 말해서 보통의 아내처럼 남편의 여행 준비를 도와주거나 이것저것 챙겨주는 일 등을 할 시간적인 여유가 없었다. 서로가 서둘러서 옷을 가방에 쑤셔 넣어가므로, 막상 호텔에 도착해 옷을 꺼내보면 한 쪽은 청색 계통, 다른 한 쪽은 밤색 계통으로 색상 배합과는 전혀 어울리지 않는 차림이 되고 만다.

한 번은 그 멋쟁이 부부의 이야기가 화제에 올랐다. 내가 직접 만난 것은 아니나, 최근에 그 늘씬하고 세련된 부인이 양장 차림에 운동화를 신고 걸어가는 모습을 우연히 마주쳤다고 한다. 얼마 전에 그녀는 뼈가 부러졌는데 그 이후로는 굽 높은 구두를 신는 것에 겁을 내게 되었다고 한다.

내 나이 정도가 되면 뼈가 약해져서 쉽게 넘어지기도 한다. 골절되어 자리에 드러눕게 되면, 그것이 치매를 일으키는 원인이 되기도 한다.

건강 이외에 더 바라는 것은 아무것도 없다. 단지 건강을 유지할 수 있는 상황만이 더할 나위 없이 아름답게 보이게 된다. 그 멋쟁이 부인은 현명하게도 곧 이런 사실에 생각이 미쳤는지, 재빨리 생활의 의식을 바꾸었다. 그리고 미남의 남편도 부부란 외양으로서가 아닌, 마음속으로부터 서로의 진실된 깊은 사랑으로 이어진다는 것을 잘 알고 있었기 때문에, 아내가 안전하도록, 건강하게 장수할 수 있도록 오직 그러한 것만을 소망하게 되었을 것이다. 인간은 중년 이후, 육체의 쇠퇴와 더불어 인생의 본질을 발견하는 재능을 터득하게 되는 것이다.

여생의 안목

　현대인이 수명에 대해서 느긋한 태도를 갖기 시작한 것은 분명한 사실이다. 옛날에는 "인생 50년, 환상처럼 짧고 허무한 꿈"이라는 말이 실감적이었다. 50년이나 살 수 있다는 것은 그야말로 예외적인 일이었다.

　남편은 1945년 종전이 된 그해의 평균 연령을 기록해두었다고 한다. 그 기록에 의하면, 여성의 평균 연령은 40대, 남성은 20대였다. 남자들은 전쟁터로 나가면서, 이른바 요절하는 경우가 많았다. 20대에 죽는 남자들과 비교해서 40대까지 살 수 있었던 여자들은 행운이라 할까, 목숨이 끈질기다고 할까, 아무튼 행복한 존재로 보였을 것이다. 남편은 그 당시 19세로 이미 2개월 정도 병사 생활을 하고 있던 중이었다.

가령 오늘날과 같은 첨단 의료 기술이 없었더라면, 나 역시 이 나이까지 살 수 없었다는 것은 틀림없는 사실이라 생각한다. 나는 맹장도 앓았고, 일년에도 몇 번씩이나 목이 아파 항생제를 먹지 않으면 어지간해서는 낫지 않는다. 이러기를 지금까지 수십 번 아니 수백 번을 반복하고 있는 터이므로, 약이 없었다면 회복 불가능한 사태가 벌어졌을 것이다.

모차르트가 35세, 하이든이 36세, 다자이 오사무가 40세, 아쿠타가와 류노스케가 36세에 요절했다고 하면 대부분의 현대인들은 놀란다. 특히 일본 작가들의 경우 "그렇게 어려운 한자를 썼던 사람들이 고작 삼, 사십대였단 말입니까"라고 되물을 정도다.

이러한 역사를 생각할 때, 오늘날의 중년 이후라는 것은 화석과 같은 존재다. 나이 50에 일을 할 수 있다는 것은 옛날에는 농사일이나 두부 제조업, 신사(神社)의 목수일 등 자영업이 아닌 이상은 불가능했다. 사십대는 이미 노인이고, 오십대란 완전히 노인장이다. 60세, 70세까지 살아 있는 사람이 있다고 한다면 도저히 믿을 수 없었던 일이었을 것이다.

그러므로 현재 대부분의 중년이란, 옛날 사람들의 관점에서 본다면 여생인 것이다. 전장에 나가 친구들은 전사했으나, 용케 살아남은 사람은 오늘 살아 움직이는 이 모든 삶을 여생으로 여겨야 한다. 전후(戰後) 태생으로, 큰 병을 앓았거나, 위험한 큰 사고를 당했던 사람도 그 이후의 생을 여생으로 느낄 줄 알아야 한다. 이러한 감각이 실은 대단히 중요한 것이다.

젊었을 때는 대체로 인생을 잘 이해하지 못한다는 말을 앞에 기술했던 것 같다. 문학이란 것도 특별나게 조숙한 작가가 아닌 이상, 이십대에는 도저히 이해할 수 없는 부분이 있는 것이다. 학문하는 의미도 대부분 절실하게 마음에 와닿지 않는다. 그래서 사십대 이후가 되어 꼭 진학하고 싶은 사람들만 고교나 대학에 가야 한다는 생각이 들 정도로 말이다. 하지만 음악이나, 체육, 자연 과학계의 학문에서 특히 두각을 보이는 사람들을 생각해보면 꼭 그런 것만도 아니지만 말이다.

중년이 되어서야 비로소 인간은 정말로 자신이 원하는 것이 무엇인지를 깨닫게 된다. 또 자발적으로 무엇인가를 하고자 한다. 젊었을 때는 자발적으로 무엇인가를 선택하는 지적인 고급스런 사고란 도저히 불가능한 일이다. 모든 것이 시간을 벌기 위한 준비 기간이다. 무엇이 되고 싶고, 무엇이 될 수 있는지, 그 어느 것 하나도 분명치 않기 때문에 우선 잠깐 해보고 싶은 일을 하다가, 그것으로 밥벌이를 해야지 하는 식의 어정쩡한 선택을 하게 된다.

그러나 여생의 안목이란 흔들림 없이 분명하여 원하는 것을 확실하게 선택할 수가 있다. 중년 이후는 누구나가 어느 정도 여생의 안목을 갖추고 있어야 하며, 또한 당연히 그럴 수 있어야 한다. 왜냐하면 30, 혹은 40세까지 살지 못했던 불행한 사람도 주위에는 얼마든지 많은데, 하물며 자신은 운 좋게도 지금까지 멋진 날들을 아무 탈 없이 살아왔으므로 불평을 할 처지가 아니라는 것은 그 누구라도 납득이 되기 때문이다.

여생의 의미를 조금이나마 이해할 수 있게 되는 나이가 되어야 비로소 자신의 확고한 안목이 생겨 주위를 바라다볼 수 있게 된다. 훌륭한 통찰력을 갖고 있는 사람이라면, 사, 오십 세 정도가 되었을 때 인생에서 천국과 지옥을 골고루 경험했다는 느낌을 가질 것이다. 어렸을 때, 이미 지옥을 경험했다고 생각하는 사람도 있겠지만, 지옥이든 천국이든 오래 지속되는 것은 아니다. 그러다 보면 또 다른 지옥과 또 다른 천국이 보이게 된다. 그러므로 싫증나는 일도 없을 뿐더러, 결론이 나올 일도 없는 것이다.

여생의 감각이 생기면 별로 화를 낼 일도 생기지 않게 된다. 제 아무리 노력해도 생각대로 되지 않는다는 사실도 깨닫게 된다. 어느 정도 게으름을 피워도 생각지도 않은 행운이 굴러들어올 수도 있다는 꾀를 터득하게 되기도 한다. 사람들이 "당신의 재능 때문입니다, 당신의 공 때문입니다"라는 말을 해도 실은 때마침 생각지도 않은 운 때문에 그렇게 된 경우도 있다. 이러한 모든 것들을 스스로 깨닫게 되는 것이다.

그렇게 생각할 수 있게 되면, 다른 사람으로부터 오해를 사든, 칭찬을 받든, 비난을 받든 별로 화를 내지 않게 된다. 사람들로부터 100% 정확히 이해되어지는 것이란 애초부터 불가능하다는 것을 절실히 느낄 수 있는 나이가 된 때문이기도 하다.

중년 이후가 되어 회사에 애착을 갖는 일은 유치한 감정이라고 말하고 싶다. 아무 생각 없이 조직에 너무 마음을 쓰다 보면, 인사 문제에 관여하게 되거나, 말참견을 하거나, 대장성(大藏省, 한국의 기획재정부와 같은 정부기관)과 결탁하여 회사에 득이 되는 일을 기획한다든가 하는 하찮은 일을 하게 된다.

나는 2년 전 재단에서 근무하게 되었을 때 몇 가지 사사로운 결심을 했는데, 그중의 한 가지가 결코 재단을 사랑하지 않는다는 것이었다. 자신과 관계 있는 조직에 너무 애착을 갖게 되면 반드시 권력을 갖고 싶게 되고, 인사에 관여하게 되고, 조직의 힘을 주위 사람에게 과시하려 하게 된다. 나는 이 모든 것을 마음에 두지 않기로 결심했다. 지금도 재단에서 가끔 거부권을 행사하는 경우는 있으나, 내가 잘 아는 사람의 안건이므로 '결재 부탁드립니다' 따위의 말은 해본 적이 없다. 그러므로 누군가 내게 무슨 일을 부탁하더라도 그것은 전혀 소용이 없는 일이다.

한 번은 내가 아는 사람이 재단에 취직을 희망해 시험을 본 적이 있다. 필기 시험은 제삼자가 채점하여 결과를 알려주므로 내가 나설 입장이 아니다. 내가 아는 사람일 경우, 나는 면접 시험에도 참석하지 않는다는 원칙을 정해놓고 있다. 나 없이 진행된 면접 시험에서 내가 아는 사람은 탈락했다. 따라서 내게 취직 부탁을 해도, 내겐 아무런 영향력이 없는 것이다.

그 대신 나는 계약을 중시하기로 했다. 나는 정해진 일정한 기간 동안만, 근무할 것을 수락했다. 나는 그 기간 동안 직장에서 내 나름대로 구상한 올바른 방향으로 배가 나아갈 수 있도록 선장으로서 임무를 게을리해서는 안 된다.

그러나 선장은 임무를 마치고 하선하는 순간부터 그 배에 관한 일체의 책임도 소멸하게 된다. 그 배가 다음 항로를 어디로 정할 것인지, 어떤 폭풍을 만나게 될지, 어떤 조정 방법을 선택할지, 어디서 어떤 짐을 싣게 될지, 일절 관계가 없는 것이다. 그 배에 대해 마음속 깊은 애착을 갖고 있지 않을 경우라야 이런 감각을 유지할 수가 있다. 계약이란 그러한 것이라고 나는 믿고 있다. 선장이 하선하는 날 허전함을 느껴서는 안 된다. 하선하는 날은 임무를 마쳤다는 뿌듯함에 충만되어 자유의 예감을 만끽해야 한다. 즉 배의 앞날에 대해서는 어느 정도 냉정함을 갖고, 무엇보다도 무한한 해방감으로 기뻐해야 한다고 생각한다.

중년 이후란 물러설 때를 늘 염두에 두며 살아가야 하는 시기가 아닐까? 언제까지나 자리에 눌러앉아 연연해하며 공해(公害) 아닌 후해(後害)를 끼쳐서는 안 된다. 이것이 이른바 여생의 안목이다.

여생이라는 말에 종종 떠오르는 것이 출가의 욕망이다. 쉽게 말해서 현실의 경쟁적인 생활 방식에 진저리가 나게 되면, 그러한 생활 방식도 있다는 것을 문득 떠올리게 된다.

나는 가톨릭 수도원이 경영하는 여학교에 다녔다. 선생님은 수녀들이었다. 집안이 어려워 수도원에 들어온 사람도 물론 없지 않았으나, 대부분은 특별히 생활이 어려운 가정의 딸들은 아니었다. 오히려 전쟁 전, 먼 일본에까지 선교를 목적으로 온 의지가 투철하고 사명감이 넘치는 외국인 수녀 중에는 전쟁 전의 귀족 가문에서 태어난 딸들도 적지 않았다.

당시 동급생의 삼분의 일 정도는 수도원 생활을 동경하며 수녀가 되기를 원했다. 즉, 동경의 대상이 될 만큼 훌륭한 수

녀들이 많았다는 것이다. 그럼에도 불구하고 나는 수도원 생활이 아주 싫었다. 나는 세상이 보고 싶었다. 게다가 가장 분명한 이유는 수도원 생활이라는 것이 더할 나위 없이 따분하게 느껴졌다. 나는 우선 추위를 잘 타고 몸이 냉한 체질이어서, 겨울에 담포(湯婆 , 끓는 물을 넣어 허리와 다리 등을 따뜻하게 하는 데 쓰는 기구) 없이 차가운 침대에서 자며 지내는 생활을 절대로 오래 할 수 없다는 것을 잘 알고 있었다.

그러나 나도 나이가 들면서부터 문득 수도원 생활을 하고 싶은 때가 있다. 이것은 물론 평범한 사람의 심적인 변화라고 생각한다. 특히 나는 마흔 아홉에, 약간 심한 눈병을 앓고 나서 도저히 회복하기 어려운 시력을 되찾은 후, 더욱더 은둔 생활을 그리워하게 되었다.

그러나 이것 또한 말하기조차 부끄러운 이야기이다. 나는 스스로가 조용하다든지, 온화하고 다소곳한 여자가 아니라는 사실을 물론 잘 알고 있다. 한편 가톨릭 수도원이란 곳도 잘 알고 있었다. 그곳은 자신을 희생하는 장소인 것이다. 나는 여태껏 스스로를 드러내는 일로만 일관해왔기 때문에 나 자신의 생활 방식을 180도 바꾸는 것이 필요했다.

지금은 시대가 변해 달라졌지만, 옛날 수도원은 대단히 엄격했던 규율에 대한 일화가 여러 가지 남아 있다. 혹시 관심이 있는 사람은 그러한 일화들이 잔뜩 기술되어 있는 나의 저서 《텅 빈 방》(不在の部屋, 文芸春秋)을 읽어보기 바란다.

가령 담요를 햇빛에 널어 말리고 있을 때 소나기가 내린다고 하자. 평상시라면 우리들은 뛰어나가 비에 젖기 전에 얼른

담요를 거두어들일 거다. 그러나 수도원이라는 곳은 원장의 명령이 없는 한, 그러한 행동을 하지 못하도록 되어 있다. 철저하게 자신의 얄팍한 지혜에 의존하는 것을 배제하기 위한 것이다.

또 한 가지 흥미로운 이야기는 수도원 내에서는 같은 직종에서 오랫동안 일을 시키지 않는다는 제도이다. 예를 들어 한 수녀가 세탁일을 담당하게 될 때, 그 일에 겨우 적응될 만하면 바로 교체되어진다. 오래 한 곳에서 일하다보면 '애착'이 생기게 된다. 그러다 보면 그곳을 일하기 편하게 한다든지, 꽃을 장식한다든지, 자신만의 기록을 적어놓는다든지 하는 부분적인 사유화가 이루어지게 된다.

수도원에서는 현세의 그 어떠한 것에도 강한 집착을 보여서는 안 된다. 어떠한 형태로든 하나님 이외의 존재, 자신의 재능이나 세상의 평판 등에 의지하는 일이 있어서는 안 된다. 그러한 것을 방해할 소지가 있는 행동을 완전히 제거하기 위함이다.

그렇지만 이러한 수도원의 규율들이 최근에는 거의 남아 있지 않은 것 같다. 모두가 자신의 재능을 십분 발휘하며 자신의 희망에 따라서 살아가게 되었다. 그렇게 하는 것이 좋은지, 나쁜지는 내 입장에서 무어라 말할 수는 없다.

하지만 만일 내가 수도원에 들어가게 된다면, 지금 이 시대에도 말 그대로 세상과 나 자신을 버리기 위해서 들어가는 것으로 생각하고 있다. 하긴 어느 수도원에서도 나처럼 건방지고 태도도 좋지 않은 사람을 선뜻 받아줄 것 같지 않다. 말 그대로 '입원 사절'이 될 확률이 높다. 혹시 어느 수도원에선가 인정상 받아준다고 해도, 나는 합리성 따위의 시원찮은 미덕을 내세우며 설쳐댈 것이 분명하다. 수도원에서 조그마한 팸플릿 하나라도 만들게 되면, 곧바로 나의 이력를 들먹거리면서 나서서, "잠깐만요, 그것은 이러이러한 활자로, 이런이런 페이지 형식으로 만들어야지요" 하며 잘난 척하고 말참견을 할 테니까. 혹은 이미 글쓰기를 포기해야 했음에도, 또다시 슬그머니 노트를 꺼내서는《수도원 일기》등을 쓸 것 같기 때문에 두려운 생각도 든다. 그렇게 되면, 자신의 모든 것을 완전히 포기하는 것이 수도원이라고 내 나름으로 생각하고 있는 출가의 생활을 할 수 없게 된다.

나보다 열 다섯 살 정도 연하의 남자 친구가 이런 말을 한 적이 있다.

"소노 씨는 출가 같은 것은 하지 않는 것이 좋을 겁니다."

"그렇겠군요. 내게는 어울리지 않는 것이지요."

"세상을 등졌다고 하면서, 세속적인 생활을 하는 것보다는 속세의 한가운데서 조용하게 사는 것이 더 좋습니다. 그런 편이 훨씬 눈에 띄지 않으며 멋있는 것이지요."

"에피쿠로스도 그와 비슷한 말을 했지요."

향락주의자(에피큐리어리즘)의 원조라고 생각되어지는 에피쿠로스의 저서를 읽었을 때, 사실은 금욕적이라는 것에 놀란 것도 젊었을 때 일이다. 젊은 시절에는 금욕적인 면이 없다면, 향락주의도 성립되지 않는다는 간단한 관계조차도 나는 이해할 수 없었다.

그 남자 친구는 옛날에는 승려의 신분이었다. 선종의 절에서 수행을 했다. "절이 너무나 추웠기 때문에 나왔습니다" 하며 웃으면서 말했지만 물론 그 이유 하나뿐일 리는 없다. 교양이 깊은 사람으로, 그리스도교인 나와도 이상할 정도로 이야기가 잘 통한다.

속세를 살아가면서, 출가(出家)한다는 것은 어떠한 것일까. 오는 사람 막지 않고 가는 사람 쫓지 않으며, 주는 물건은 감사히 받지만 주지 않는다 해도 불평하지 않고, 나 자신이 베풀 수 있는 입장이 된다면 과분한 행운으로 생각해 더더욱 감사하며, 검소한 생활을 기분 좋게 생각하고, 아무리 하찮은 것이라 할지라도 모든 물건의 존재를 소중히 여기며, 천지의 아름다움을 마음껏 찬미하고, 부귀 영화를 덧없는 것으로 생각해 관망하며 즐기고, 건강이나 병고도 인생 최후의 장식으로 생각할 수 있을 것이다. 항상 말하는 것이지만 이러한 것들은 재능이나 학력과는 거의 무관하며, 아무리 둔재라도 이러한 경지에 도달할 수 있는 것이지만, 내게는 너무나 어려운 일이다.

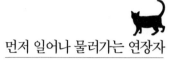

먼저 일어나 물러가는 연장자

일요일에도 나는 가끔 교회를 빠지기도 하는데, 나가면 역시 좋은 점이 있다는 것을 실감하게 된다. 3월 29일 일요일 미사 때, 다음과 같은 복음서가 낭독되어졌다.

예수께서는 올리브 산으로 가셨다. 다음날 이른 아침에 예수께서 또다시 성전에 나타나셨다. 그러자 많은 사람들이 몰려들었기 때문에 예수께서는 그들 앞에 앉아 가르치기 시작하셨다. 그때에 율법학자들과 바리사이파 사람들이 간음하다 잡힌 여자 한 사람을 데리고 와서 앞에 내세우고 "선생님, 이 여자가 간음하다가 현장에서 잡혔습니다. 우리의 모세 법에는 이런 죄를 범한 여자는 돌로 쳐 죽이라고 하였는데 선생님 생각은 어떻습니까?" 하고 물었다.

그들은 예수께 올가미를 씌워 고발할 구실을 찾으려고 이런 말을 하였던 것이다. 그러나 예수께서는 몸을 굽혀 손가락으로 땅바닥에 무엇인가 쓰고 계셨다.

그들이 하도 대답을 재촉하므로 예수께서는 고개를 드시고 "너희 중에 누구든지 죄 없는 사람이 먼저 저 여자를 돌로 쳐라." 하시고 다시 몸을 굽혀 계속해서 땅바닥에 무엇인가 쓰셨다.

그들은 이 말씀을 듣자 나이 많은 사람부터 하나하나 가버리고 마침내 예수 앞에는 그 한가운데 서 있던 여자만이 남아 있었다.

예수께서 고개를 드시고 그 여자에게 "그들은 다 어디 있느냐? 너의 죄를 묻던 사람은 아무도 없느냐?" 하고 물으셨다.

"아무도 없습니다, 주님." 그 여자가 이렇게 대답하자 예수께서는 "나도 네 죄를 묻지 않겠다. 어서 돌아가라. 그리고 이제부터 다시는 죄짓지 마라." 하고 말씀하셨다.

(요한의 복음서 8장 1~11절)

성서에는 성인 군자들만 등장하는 것으로 알고 있는 사람들처럼 나 역시 평상시에는 성서를 잘 읽지 않으나, 이 장면만큼은 가장 감동적인 정경의 하나로서 그리스도 교단의 예술에 커다란 영향을 끼친 일화이다.

당시 이스라엘의 율법학자란 빈부 또는 계급과는 무관한 지위로, 오늘날 공부만 하면 누구라도 대학 교수가 될 수 있는 것과 마찬가지로 노력하여 도달할 수 있는 영광스런 자리였다. 그들은 생각이나, 지식, 생활의 작은 부분 하나하나까지도 성서의 가르침에서 이탈하지 않으려 함은 물론, 나아가 그 지식이 확고하게 뿌리내릴 수 있도록 몸과 마음을 다 바쳐 살아가고 있었다. 과학적 관심 따위는 그들에게 있어서 전혀 미덕도 아니며, 관심 밖의 일이었다. 그들의 목표는 모든 유태인을 성서의 율법에 따르게 하고, 민족 전체를 진정한 유태인으로 만드는 것이었다.

성서에서는 종종 율법학자들이 예수의 적으로 등장한다. 그것은 그들이 율법을 최우선시하였으므로 인간에의 사랑을 우선하는 예수의 자세와 서로 대립했기 때문이다. 그러나 모든 율법학자가 예수의 적이었다고 단정해서는 안 된다.

한편 율법을 엄수하는 바리새파들이란 '땅의 민족'이라 불리며 부정한 사람들로 취급되던 양치기들과는 절대로 사귀지 않는다는 서약을 한 사람들이었다.

그런데 여기서 간통한 여자가 등장하는 것이다. 오늘날과 무슨 차이가 있는 것일까? 그때는 "《실낙원》참 멋있었어"라고 말할 수 있는 시대는 아니었다.

간통한 여자는 현행범으로 체포되었을 때, 목덜미를 잡힌 채 입회인의 앞으로 끌려나와 사형에 처해지는 경우가 많았다. 간통의 형은 나중에는 교수형이 되었다고 하며, 대부분의 경우는 린치와 같은 투석 형도 행해졌던 것 같다.

투석이라는 처형법은 살인, 배교(背敎), 모독, 간음 등의 죄를 범한 사람에게 적용되었다고 한다. 이때 수형자는 길 밖으로 끌려나와, 옷이 벗겨지고 손이 묶인 채, 첫 번째 증인에 의해 커다란 돌을 맞으며 구덩이 속으로 떨어지게 된다. 그래도 죽지 않는 경우는 두 번째 증인이 죄인의 머리와 가슴을 겨냥해서 큰 돌을 던져 죽음에 이르게 한다. 수형자가 죽을 때까지 주위 사람들이 증오심으로 불타 계속해서 돌을 던지는 일도 있었던 것 같다. 마침내 죄인이 숨을 거두면 매장되어지고 던져진 돌들은 표적으로써 그 장소에 그대로 남겨두었다고 한다.

예수가 율법학자나 바리새파들에게 시험당한 것에 대해서는 나중에 쓰겠지만, 예수가 그들로부터 간통한 여자를 어떻게 했으면 좋겠느냐는 질문을 받았을 때 "너희 중에 누구든지 죄 없는 사람이 먼저 저 여자를 돌로 쳐라."라고 대답하셨다.

단지 그 대답만 하신 채 예수는 침묵한다. 사람들은 그 대답의 의미를 곰곰이 생각한다. 그리고 마침내 '나이 많은 사람부터' 한 사람 한 사람 그곳을 떠나가게 된다. 내가 지금까지 수십 번이나 되풀이해서 성서를 읽고 있지만, 그 일요일 날에 처음으로 깨닫게 된 것은 '나이 많은 사람'이라는 그 한 마디 말이었다.

그 장면을 구태여 부연하는 것은 사족 같은 생각이 들긴 하지만, 그리스도교적인 사고에 익숙지 않은 사람들을 위해서 조금 더 설명하고자 한다.

"그리스도교도가 되면, 나쁜 일은 절대로 하지 않으니까, 사람들을 엄하게 심판하나 보죠."라는 식으로 말을 하는 사람을 가끔 보았다. 그러나 예수는 진정한 심판은 신에게 위임할 것을 명한다. 더욱이 그리스도교는 성선설이 아닌 성악설이다. 작가의 대다수가 그리스도교도인 것은 인간 관찰을 계속하다 보면 성선설이 오히려 부자연스러운 데다, 인간성 파악에 도달할 수 없다고 하는 사실을 깨닫기 때문일 것이다. 그리스도교는 인간을 그냥 방치해두면 나쁜 쪽으로 나아가게 마련이라는 것을 너무나 잘 파악하고 있는 것이다.

세례를 받으면 그 이전까지의 죄가 모두 용서되어지는 것으로 되어 있다. 참 편리한 일이다. 그래서 세례 전야에 '오늘 중으로 나쁜 일을 저질러야지'라는 농담을 주고받는 일도 있다. 그리고 또한 죽기 직전에 세례를 받는 사람에 대해서는 애정 어린 말투로 '천국 도둑'이라고 불렀던 경우도 있다.

세례를 받기 직전에 고해하는 방법을 배운다. 고해란 사제에게 죄를 고백하는 것이다. 세례를 받아 죄를 용서받고 그 이후에 그리스도교도가 된 이후로 줄곧 나쁜 짓을 하지 않고 살아갈 수 있다면 고해 방법 같은 것은 배우지 않아도 아무런 상관이 없을 것이다. 그러나 교회는 인간은 약한 존재이므로 세례를 받은 바로 그날에도 또다시 나쁜 짓을 저지를 수 있다는 사실을 분명하게 간파하고 있는 것이다.

일본의 일교조(日教組, 우리 나라의 전교조와 같은 조직) 교사들은 타인을 위해 자신의 목숨을 바치는 것이란, 전쟁 중에나 있을 수 있는 인권을 저버리는 일이라고 가르쳤지만, 그리스도교는 이 경우에도 "친구들을 위하여 목숨을 내놓는 것보다 더 큰 사랑은 없다."(요한복음서 15장 13절)고 가르치고 있다. 그리고 역사적인 과거에서만이 아니라 지금도 이러한 신앙과 미학을 위해 가끔 타인을 위해 스스로 자신의 목숨을 바치는 사람이 나타난다. 그 정도의 위대한 선행도 인간은 베풀 수 있다는 가능성을 인정한 토대 위에서의 '성악설'인 것이다.

이것과는 대조적으로, 옛부터 일본인의 대다수는 성선설이었다. 성선설을 취하는 것이 자신을 착한 사람으로 내세울 수 있었기 때문이었을까. 경찰이나 자위대 중에도 성선설을 믿는 사람이 있어서 놀란 적이 있다. 그러한 사람은 직업을 잘못 선택하지 않았나 하는 생각이 든다. '나쁜 죄인이 되었어도, 뉘우치며 다시 올바른 길을 찾아갈 것으로 믿어주면 좋지 않을까'라고 의기양양하게 말은 하지만, 믿어주기만 하면 모두 갱생한다고 하는 것처럼 안이한 말은 없다. 사람은 (물론 나를 포함해서) 방치해서 내버려두면 나쁜 쪽으로 나아갈 성향이 많기 때문에, 그러한 인식 위에서 어떻게 하면 가능한 한 착한 사람이 될 수 있을까를 생각하는 것이야말로 갱생을 가능하게 하는 것 아닐까. 이러한 '생각'이 없다면 자위관도 경찰관도 그들의 직무를 감당할 수 없다.

또한 어느 지방에서 만났던 삼십대의 공무원이 "내가 죄를 지은 적이 있었던가."라고 태연히 말하는 것을 듣고 그 당시 대단히 놀란 일도 있다. 그 후 25년 이상 지났건만, 아직도 그 말을 기억하고 있을 정도다. 삼십대가 되면 대체로 자신의 비겁함, 어리석음, 두려움 같은 것을 싫어도 어쩔 수 없이 직면하게 되는 것인데, 그만한 나이가 된 사람에게 설마 '당신도 분명 나쁜 일을 저질렀을 거예요.'라고는 말할 수 없는 노릇이어서 슬며시 빙그레 웃으며 자리를 뜰 수밖에 없었다.

이 장면에 등장하는 유태인들은 훌륭하다. 연장자일수록 자신이 과거에 얼마나 많은 죄를 저질러왔는지를 잘 알고 있었다. 이 여자만이 큰 죄를 지은 것이 아니라고 하는 인식이 가능했다. 죄란 죄의식을 느꼈을 때에 정화의 방향으로 나아가게 된다. 그들은 아무 말 없이 한 사람, 또 한 사람 그곳을 떠나갔다. 그 여자에게 돌을 던지는 사람은 아무도 없었다. 성인 군자가 아닌, 죄를 범한 연약한 인물들이 주인공이라는 성서의 테마 가운데 진수를 보여주는 장면이다.

젊었을 때는 여간해서는 자신의 부끄러움을 선뜻 입밖에 낼 수가 없다. 자신의 실패나, 부모의 직업이나, 집에 돈이 없는 것이나, 형제 중에 속 태우는 아들이 있는 것이나, 지금 견디기 힘든 병 등, 이러한 모든 것을 감추려는 생각만 하게 된다. 그러나 중년이 되면 이 세상 모든 사람의 대부분이 자신과 거의 비슷하다고 생각할 줄 알게 된다. 젊었을 때, 시험에 떨어져 자포자기했던 일, 약간은 법에 저촉될 만한 일을 하며 살아왔던 일, 여자를 배신한 일, 남의 돈을 떼어먹은 일 등등, 죄다 웃으면서 얘기할 수 있다. 살아가다보면 누구나 흔히 범할 수도 있었던 죄들이다. 우리들은 평범한 죄밖에는 저지를 수 없는 것이다.

그런 저런 일들의 결점이나 실패를 웃으면서 말할 수 있는 것에 그치지 않는다. 그것은 관대함, 사람을 용서하는 일로 이어진다. 오늘날의 일본인은 남을 비난하는 일과 자신은 훌륭한 사람이라고 떠들어대는 것을 좋아하며, 또한 그런 일에

능숙하다. 어떠한 선행을 했는지 열거해보면, 환경 문제에 관심이 있다든가, 쓰레기를 많이 내놓지 않기 위해 늘 신경을 쓴다든가, 원폭 반대 운동에 참가한다든가, 불평등을 없애기 위한 서명을 한다든가, 자원 봉사 활동을 한다든가, 적은 액수이나마 난민을 위한 모금에 기부한다든가 하는 정도이다. 그러나 사실 우리들은 정말로 가슴이 미어질 만한 일이나, 혹은 신변의 위험이 따를 수도 있는 일 등은 대부분 거의 하지 않는다.

스스로를 훌륭한 사람이라고 믿어 의심치 않는 것은 정신적인 면에서 볼 때, 좋게 말하면 아직 젊은 것이며, 나쁘게 말하면 유치한 짓이다.

이와는 반대로 우리들은 사람이 할 수 있는 정도의 나쁜 짓을 쉽게 할 수가 있다. 길거리에 만 엔짜리 지폐가 떨어져 있을 때, 가능한 한 신고하지 않고 내 주머니에 넣고 싶은 욕심을 순간적으로 가져보지 않은 사람이 오히려 적지 않을까. 많은 사람이 가능하다면 바람피우는 일, 탈세 등도 해보고 싶다고 생각할 것이며, 평생 동안 심하게 증오한 상대에 대해 순간적이나마 살의를 품는 경험도 그리 드문 일은 아닐 것이다.

성서는 있는 그대로의 자신을 인식하는 용기를 높게 평가한다. 그것은 인간성의 성숙이 전제되어 있지 않으면 불가능한 일이다. 연장자, 중년이 되지 않고서는 '나도 그와 똑같은 일을 저질렀었지', '나도 한때 그랬었지요' 라고 선뜻 말할 수가 없다.

성서에 등장하는 사람들이 어떠한 식으로 예수를 시험하

여 소송할 구실을 찾으려 했는가를 보라. 만일 예수가 그 여자를 간통죄로 사형에 처해야 마땅하다고 말했다면, 예수는 사랑과 동정의 자세를 잃어버리는 것이 된다. 무엇보다도 그 무렵 사형을 실행하는 것은 로마법에 저촉되는 일이었다. 유대인에게는 사형을 선고하고 집행하는 권한이 없었기 때문이었다. 또 만일 예수가 그 여자를 용서해야 마땅하다고 했다면, 그것은 유대인의 마음 한가운데 자리잡고 있는 모세의 율법을 처음부터 부정하며, 간음을 권장하고 불의에 대해 관용을 베푸는 것을 인정하는 것이 되어버린다.

예수는 그들이 쳐놓은 덫에 걸려들지 않았다. 오히려 그들이 쳐놓은 덫이 그들 자신 쪽으로 되돌아가도록 만들었다.

여자와 예수 단둘이 그곳에 남게 된 것을 아우구스티누스는 다음과 같이 묘사했다 한다. "그곳에는 참기 어려운 괴로움과 깊은 동정심이 남아 있었다."

여자는 뉘우치고 있었다. 그리고 예수는 깊은 동정심을 품고 있었다. 결국 이 이야기에 내포된 깊은 의미를 깨닫고 감동받은 사람은 다름아닌 연장자와 바로 중년이었다.

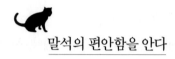

말석의 편안함을 안다

이따금 새로 근사하게 잘 지은, 이른바 호화 저택 앞을 지나가게 되면, 우리들은 무의식중에 '아아, 이 집 주인은 얼마나 열심히 일을 했으면, 이렇게 비싼 집을 지을 수 있었을까. 열심히 노력했겠지, 아마도 야심 만만하고, 대범한 사람일 거야.' 하고 생각하게 된다.

나는 외동딸이라 부모로부터 재산이 될 만한 것을 나 혼자 물려받을 수도 있었겠지만, 나의 부모는 사이가 좋지 않았던 관계로 고령이 되셔서 이혼하셨고, 아버지는 재혼도 하셨기 때문에, 결국 부모의 재산에 관한 한 아무런 다툼이나 언쟁도 없었고, 결국 단 한푼도 물려받지 못했다.

이러한 사정 때문에 우리 부부는 처음부터 살림을 꾸려나가는 과정 하나하나를 충분하게 체험할 수가 있었다.

나는 인간이 생활의 확장을 위해 몇 살 정도까지 노력을 계속해나갈 수 있을지는 잘 모르겠다. 어릴 때에는 오로지 운동 능력, 지식, 교우 관계의 확장이 왕성하게 행해진다. 분명 인간의 생활에 있어서 확장의 시기가 필요한 때가 있다.

취향적인 면도 있다. 아이가 어릴 적에는 그릇은 깨지지 않은 것으로 가족 수만큼 있으면 족했다. 그러나 차츰 좀더 맛있어 보이는 찻잔으로 차를 마시고 싶어진다. 나는 몸매가 좋지 않아 젊었을 때부터 청바지 같은 것을 멋지게 빼입지 못했으나, 대체로 아가씨들은 아무리 수수한 옷을 입어도 젊음 그 자체로 멋지게 보인다. 그러나 시간이 흐름에 따라, 많은 사람들이 중년의 비만이 되기도 하고, 몸의 선도 굴곡이 없어지게 되어, 체형을 다른 요소들로 감추고 싶어지게 된다. 그래서 예전보다는 바느질이 훌륭한 고급스런 옷이 필요하다는 것을 느끼게끔 되는 모양이다.

관혼상제에 참석하는 기회도 늘어나면서, 그때그때 어울리는 복장을 갖추지 않으면 상대방에게 결례가 된다는 세상사의 관습에도 신경이 쓰이게 된다. 젊었을 때는 장난감 같은 민예품 반지 한 개 정도로도 근사하게 보일 수 있었지만, 중년이 되어 고급 레스토랑에서 하는 식사 초대를 받았는데, 진주 반지 하나쯤 갖고 있지 않으면, 민망하게 노출된 맨손으로는 어딘지 모르게 생활고에 찌든 것 같은 비참한 생각이 들어, 영 어색한 느낌이 들 수도 있다.

사실 그러한 것들이 없어서는 안 된다고 생각하는 것은 착각이다. 사람이 품격 있는 대화만 가능해도, 아무도 무시하지

159

않는다. 우리들이 지금 필요하다고 생각하는 것의 90% 정도
는 없어도 살아갈 수 있는 것들이다.

그러나 세상은 그러한 논리만으로는 통하지 않는 경우가
있기 때문에 문제가 되는 것이다. 예를 들어 내 경우만 해도,
어떤 사람을 처음 만난다든가, 그 사람의 집을 방문한다든가,
대화가 전혀 통하지 않는 외국인이라든가 하면 어쩔 수 없이
물질을 통해서 그 사람을 판단하게 마련이다. 집 안에 멋있는
그림이 걸려 있었던 것으로 보아 교양 있는 사람이겠거니 하
는 판단을 하게 되고, 색은 그리 화려하지 않지만 대단히 바느
질이 잘 된 근사한 옷을 입고 있었기 때문에 그 사람은 사뭇
사려 깊은 사람이겠구나 하는 생각을 하게 된다.

그리고 특별히 눈에 띄게 강한 개성의 소유자를 제외하면
평범한 우리들에게 중년의 생활이란 전적으로 확장의 방향으
로 나아가게 되어 있다.

오디오나 스키, 카메라 따위에 관심이 많은 사람은 매년 신
제품으로 출시되는 것을 사고 싶어한다. 집을 신축하게 되면
가구나 그림이 없이는 왠지 완성된 것 같지 않은 기분이 든
다. 여자가 요리나 다도를 배우게 되면, 주방 용품이나 그릇
류, 차 끓이는 도구에서부터 다도를 배울 때 입고 나갈 옷에
이르기까지, 닥치는 대로 사고 싶어진다. 그것도 처음에는
'그저 쓸 만한 물건이면 돼' 하던 것이 점차로 다른 사람들을
압도할 정도의 비싼 물건이 사고 싶어진다. 그러한 것을 향상
이라고 말할 수도 있을 것이다.

미국은 일본의 불경기에 대해 세금을 감해주면 구매력이

늘어나게 될지도 모른다고 생각한다. 그러나 그것은 미국인이 생각하는 경제 동향이다. 일본인의 마음속에는 검소와 절약이 미덕,이라는 관념이 깊이 뿌리박혀 있기 때문에 약간의 감세로 생긴 돈은 위기감과 맞물려 저축으로 돌아갈 뿐이라는 생각이 든다. 일본인에게 향상이란, 검약까지도 포함한 상당히 계획적인 것이다.

중년의 어느 일정한 시기까지는 분명 전진, 향상, 발전, 확장의 시기이다. 아이들의 체격도 커지고, 보통 원만한 성격이라면 교우 관계의 범위도 넓어진다. 그리고 또한 그러한 능력이 없다면, 인간으로서의 완성도 불가능한 일인지도 모른다.

작가 생활에서 보면, 삼 사십대에는 다작에 집착해서 온 힘을 쏟는 것이 일반적이다. 나 역시 집필 외에도 르포 기자, 인터뷰, 텔레비전 출연 등 여러 가지 활동을 했다. 첫 번째 이유로는 돈이 필요했기 때문이었고, 두 번째는 호기심을 억누르기 힘들었기 때문이었다. 그 당시 호기심이라고 하는 것은 자신의 능력 따위는 거의 고려하지 않은 무모함을 지녔으므로, 말 그대로 '확장'이 행동의 기본 원리였던 것이다.

작가로서의 자질이 어떤 것인지, 나는 지금도 거의 알 수 없으나, 다작을 감당해내는 능력도 그중 한 가지일지 모르겠다. 다작 그 자체는 큰 의미가 없는 경우가 대부분이다. 그러나 다작이라는 것은 어쨌든 쓸 소재가 있다는 것이고, 비교적 손쉽게 쓸 수 있다고 하는 능력과도 관계가 있다. 쓸 소재가 없는데도 작가라고 말하는 것은 멋쩍은 일이며, 손쉽게 쓸 수 있다고 하는 것은 오랜 고통스런 습작의 결과로, 사람들이 잘 이해할 수도 없는 고급스런 미숙한 문제를 구사하는 작가보다는 훨씬 재능이 있는 것으로 간주해도 좋을 것 같다.

심각하고 고급스런 문장을 쓰는 작가들일수록, 자신의 작품처럼 복잡한 내용을 지닌 작품은, 그 나름의 복잡하고 난해한 문장이 필요하다고 역설한다. 그러나 그러한 주장은 그 사람의 재능이 없음을 나타내줄 뿐이다. 난해한 문장에 부딪혔을 때, 권위주의자나 분별력이 없는 독자는 쉽게 경외심이나 존경심을 갖게 되나, 나는 젊었을 때부터 '수련된 작가란 아무리 복잡한 철학이나 심리도, 쉽고 아주 간결하게 그 의미를 표현할 수 있는 사람'이라고 배웠다. 다시 말해서 아무리 복잡하게 뒤얽힌 심리나 사상도 '가을 날은 청명하다' 라는 식으로 무심코 표현할 수 있는 것이 진정한 작가의 역량이다. 소설 가운데 시가 나오야(志賀直哉)의 단편을 읽어보게 되면 그런 묘미를 잘 이해할 수 있다.

이야기를 처음으로 다시 되돌리면, 젊었을 때 다작이라는 시련의 시기를 넘긴 무렵부터 그 사람의 작가로서의 개성과 생활 철학이 분명하게 나타나게 된다. 그 이후는 어떤 방법으로 일할지를 선택하는 것이 관건이다. 작품을 늘려서는 안 된다는 것도 아니고, 작품이 적을수록 좋다라는 말도 아니다. 자기에 맞게 자제력을 갖추고, 목적 의식이 분명한 창작의 자세가 보인다면, 나 같은 사람은 아무런 이의 없이 압도당하고 만다.

그러나 그 무렵부터 서서히 그 다음의 문제가 시작된다. 그것은 일을 벌려나가는 '발전' 보다는 오히려 일을 줄여가는

'철수'가 어려워지게 된다. 확대하는 것은 내게는 힘든 일이지만, 일에 탄력이 붙게 되면 비교적 잘 되어나갈지도 모른다.

나는 아주 오래 전에 백부의 주선으로, 가문으로 봐도 '과분한 인연'인 상대와 맞선을 본 적이 있다. 상대도 밝은 성격이었고, 상대의 양친에게도 나는 호의를 갖고 있었다.

그러나 내가 결정적으로 그 혼담을 거절할 결심을 하게 된 동기는, 상대의 집에 함께 가서 그의 부모님께 인사를 드리게 된 때였다. 그의 집은 도쿄에서 가장 비싼 땅에 건평만 120평 정도의 커다란 대지로 꾸며져 있었다. 나중에 내가 왜 그 부잣집으로 시집가지 않았나를 이야기할 때 "글쎄, 내게는 120평이나 되는 집을 깨끗하게 관리해나갈 기력이 없었기 때문이었지."라는 대답 이외에는 할 말이 없었다.

나는 내 나이 겨우 스무 살 즈음부터 '성대'라든가 '발전'이라는 것을 그다지 대단한 것으로 생각지 않았다. 오히려 그러한 화려한 운명에 동반되는 고민이나 괴로움을 연상할 수 있는 능력을 갖추었다고 해야 할까? 집이 넓어지게 되면, 누가 청소를 할 것인가 하는 문제가 생겨나게 된다. 고용인이 많아지게 되면, 누가 그들을 총괄해서 일사분란하게 일을 시킬 수 있을 것인가 하는 걱정이 늘 따르게 마련이다.

'지위가 높은 사람'이 되면 행동의 자유는 경호원에게 감시당하고, 몰래 나쁜 일도 할 수 없게 된다. 사실 자유야말로 인간의 존엄에 근거한 가장 큰 행복의 출발점인데, 그러한 자유를 누리지 못하는 높은 지위의 사람도 많다. 그러한 사람들일수록 자유롭지 못한 것에 대해 자신이 특수한 입장이라서 그렇다고 자위하는 것이다.

누구에게나 있는 그 사람 나름의 최고의 전성기에 '성대'를 꾸준히 진척시킨 사람도, 결국은 정도의 차이일 뿐, 중년 이후의 언젠가는 '철수'와 '수습'의 방향으로 나아가게 된다. 그러나 그러한 시기를 잘 대처하며 넘어가는 것은 실로 대단히 어려운 과제이다.

정말로 몸이 쇠약해져 더 이상 일하고 싶지 않은 사람은, 활동 범위를 줄여나가는 생활도 편하고 좋다고 생각할 수 있을 것이다. 그러나 대부분의 사람은 아직 그런대로 건강을 유지하고, 어느 정도의 체력이 있기 때문에, 자신의 전성기 때의 기억에 집착하여, 자신은 지금도 전성기 때와 마찬가지로 활동이 가능할 것으로 생각한다. 혹은 자신은 당연히 뛰어난 인물이 될 것으로 젊었을 때부터 굳게 믿어왔던 사람은 그것이 이루어지지 않았을 때 분노 비슷한 것을 느끼기도 한다.

"어째서 저토록 훌륭한 사람이 지위에 집착하는 것일까요"라고 내가 물었을 때 굉장히 유머스런 대답을 해준 사람이 있었다. 운전 기사가 딸린 차가 없어지게 되므로 바로 그 점이 속상할 것이라고 했다.

"아참, 실각이라는 말이 있지요? 말 그대로 정말로 다리가 없어지는 느낌이 든다고 하더군요."

그러므로 인간은 자동차 따위가 없어도, 전혀 문제될 게 없도록 중년부터 다리를 튼튼하게 단련해두지 않으면 안 된다. 나의 남편처럼 관청에 근무했을 때도, 아침에는 전철로 출근

했고, 지금도 7킬로 떨어진 시부야 역까지 단지 백 구십 엔의 전철비가 아까워서 걸어가고마는 것이 무난하고 속 편한 일이다.

성대하게 살아왔던 사람이 자신의 의지로 서서히 수습 쪽으로 마무리해가는 모습은 하나의 예술처럼 느껴진다. 많은 사람이 병이 들어서야 마지못해 수습으로 기우는 것을 인정하게 된다. 고혈압이 되었다. 안질환이 생겼다. 발이 아파 걸을 수 없게 되었다. 당뇨가 생겼다. 요통이 잘 낫지 않는다. 심장에 이상이 생겼다. 그 어느 것이든 금방 죽는 병은 아니지만, 여태까지 해온 것처럼 일관되게 성대와 발전을 향해 매진하는 것은 더 이상 걸맞지 않는다는 것을 스스로 깨닫게 되는 것이다.

인생의 최후에 수습이라는 과정을 겪어야 비로소 인간의 본분을 다하는 것이다라는 생각을 최근 들어 하게 되었다. 무리 없이, 비참하다고 생각지 않으며, 자신이 이 세상을 하직하게 되는 날을 위해 조금씩 조금씩 그 준비를 해나가는 것이다. 성장이 하나의 과정이라면, 이런 수습도 근사하고 멋진 하나의 과정인 것이다.

불필요한 물건은 더 이상 사지 않는다. 오히려 가능한 한 남에게 주든가 정리하고, 몸을 홀가분하게 해두지 않으면 안 된다. 가족에게 꼭 남겨주어야 하는 특별한 사정이 있는 사람은 어쩔 수 없으나, 집도 자신이 죽었을 때에 딱 맞춰 망가지고 낡게 되는 계산이 가능하다면 가장 좋을 것이다.

지금까지 각종 행사가 있을 때면 으레 상석에 자리잡고 있었던 신분이었더라도 퇴직을 하고 나이가 들게 되면 단지 연령상으로 위로받는 사람에 불과할 뿐이다. 최근의 풍조로 봐서는 고령자라고 해서 위로받기는커녕 무시되어 말석에 버려질지도 모르는 일이다. 그러나 그런 때야말로 말석의 편안함을 느끼게 된다. 말석이란 모든 것이 가장 잘 보이는 자리다. 성서에서도 말석에 앉을 것을 권하는 부분이 있다.

이제까지의 권력이나 실세의 자리에서 벗어나, 바람 한가운데의 노목처럼 홀로 유유히 일어서는 법을 배워야 한다. 지금까지는 회사나 조직에서 잘 보살펴준 한 그루 가로수였다. 혹은 문화재로 지정되어 많은 사람이 보러 올 정도의 유명한 나무였을 수도 있다. 그렇지 않은 경우라도 튼튼한 나무는 재목으로써도 가치가 있었을 것이다. 그러나 낡은 나무란 땔감 정도의 가치뿐이다.

주위의 평가는 아무래도 좋다. 멋지게 생활 전선에서 철수하여, 그 후에는 자신이 하고 싶은 일에 시간을 활용하는 것이다. 누구에게도 의지하지 않고, 과거에 연연하지 않으며, 스스로 만족하며 조용히 살아가는 것. 이러한 것을 잘 해낸 사람이 결국 뛰어난 인물이다.

내가 없더라도 세상은 잘 돌아간다

인간은 세월이 흐름에 따라, 점차로 자신감을 갖게 되는 단계에 도달한다. 장인들은 더더욱 그렇다. 제자로 처음 들어간 초보자의 시절에는, 어느 것 하나 제대로 할 수 없었던 것이 마침내 그런 대로 익숙해진다. 그렇게 되면서 심리적인 여유도 생기게 된다. 솜씨도 자신의 감정을 전달할 수 있을 만큼 자유자재로 발휘할 수 있게 된다.

나도 맨 처음 소설을 쓰기 시작한 때부터 40년 이상이 흘렀다. 꽤 젊었을 때부터 소설을 쓰기 시작했으므로, 그 덕에 뭔가를 쓰려고 마음먹었을 때 문장으로 고민하는 일은 거의 없게 되었다. 한 작품 한 작품 새로운 문체나 실험이 필요하다는 사람도 있으나, 나는 의도적으로 무리했던 적은 없었다. 그렇게 하려고 해도 내게는 불가능한 일이었고, 그러한 억지스런 표현을 사람들에게 보여주는 것은 어쩐지 쑥스럽고 마음에 영 내키지도 않았다.

그때그때마다 테마에 적합한 문체는, 일부러 의도하지 않아도 자연스럽게 나 자신이 그러한 문체를 요구하게 된다. 그 테마에 적합한 문체란 습도, 온도, 속도, 무게 등의 미묘한 관계로 결정되어진다고 생각한다. 이 네 가지 요소가 결정되기까지가 작품을 시작하는 단계에서의 고통이 된다.

그러나 일반적으로 자신의 직업에 대해 어느 정도 자신감을 갖는 것은 조금도 나쁜 일이 아니다. 그렇지 않을 경우 연약한 인간의 성격으로는 일을 계속 해나갈 수가 없다. 자신감이란 애당초 착각에 불과하지만, 가끔은 이용하는 것도 그다지 나쁠 것 같지는 않다. 다만 그것에 안주하게 되면 인간은 때때로 잘못된 사고에 빠져들게 된다. 자기 스스로를 그 지위에 없어서는 안 될 꼭 필요한 사람으로 생각한다든지, 자기가 없으면 사람들이 틀림없이 많은 어려움을 겪을 것으로 생각하는 것 등을 두고 하는 말이다.

오래 전에 내가 아는 사람 중에 방송계에서 근무했던 사람이 있었다. 지금도 매스컴의 세계란 살벌한 곳이지만, 텔레비전 방송이 처음 시작된 무렵은, 누구나가 다 지금까지 전혀 해본 적이 없는 일을 시작해야 했기 때문에, 거기에 따른 스트레스도 상당히 컸을 것이다.

그 사람은 방송국에서 밤낮없이 일했다. 그때는 전쟁이 끝난 지 얼마 되지 않은 때라, 민간 방송이라는 조직도 새로운 것이었고, 선배가 존재하지 않았던 세대였으므로, 무엇이든 스스로 해나가지 않으면 안 되는 그러한 시절이었다. 마침내 중압감이 엄습해왔다.

그러던 어느 날 그 사람은 직장에서 갑자기 쓰러져 의식을 잃게 되었다. 들것에 실려 들어오게 된 병원에서, 그는 며칠이 지나서야 의식을 회복했다.

그 사람이 지금도 여전히 건강한 것을 보면, 그 당시의 병은 뿌리 깊은 것이 아니라, 극도로 심했던 피로 때문이 아니었나 하는 생각이 든다. 의식을 잃을 정도의 병이란, 대개는 위독한 경우가 대부분인데, 일회성 사건으로 마무리된 것은 그야말로 기적이라고 우리들은 지금까지도 흐뭇하게 생각한다.

의식이 돌아왔을 때, 그는 며칠이 지났는지도 잘 모르고 있었다. 단지 그가 가장 먼저 떠올린 기억은 '큰일 났네, 작업중이던 그 방송은 어떻게 되었지' 라는 것이었다고 한다.

터무니없이 무책임한 일을 저지르고 말았다. 병이 났다고는 하지만, 일을 도중에서 완전히 포기해버렸으니 얼마나 엄청난 일이 벌어졌을 것인가. 이렇게 그의 머릿속에는 온통 방송에 대한 걱정뿐이었다.

그러나 확인해본 결과, 방송에 펑크가 난 일은 없었던 것 같았다. 그 당시는 '생방송' 도 상당히 많았던 시대였다. 그럼에도 불구하고 그의 부재로 인한 방송상 심각한 질의 저하가 생겼다든지, 시청자로부터 비난이 빗발쳤던 일도 없었던 것 같다.

그때만 해도 한창 젊었던 그 사람은, 자신의 체험에서 한 가지 사실을 깨달았다. 내가 없더라도 이 세상은 변함없이 잘 돌아가며, 회사도 아무 탈없이 계속 잘 돌아간다는 사실을.

내가 없으면 업무가 지체될 텐데 하며 걱정하는 것은, 젊었을 때라면 수긍이 가는 일이라고 나는 생각한다. 물론 그만한 책임감이 없으면, 제 아무리 나이를 먹어도 제 몫을 할 수 있는 사람이 될 수 없다. 그러나 아무리 제 구실을 다하는 사람이 되더라도, 그것은 진실이 아닌 것이다.

중년 이후, 많은 사람들은 더더욱 자신이 조직의 중심부에 있다고 생각하게 된다. 사실 사람은 나이가 들어감에 따라, 자신이 속한 부서의 책임자가 되기도 하고, 회사를 대표하는 입장이 되기도 하며, 마을을 운영해나가는 여러 조직의 유지가 되기도 한다. 그들 중에는 실제로 '다른 사람으로 교체하기 어려운' 특수한 기능, 지식, 인맥의 중심에 있는 사람도 생기게 된다.

자신감을 갖는 것은 좋은 것이다. 그러나 우리들은 의식을 늘 여러 가지로 분산시킬 필요가 있다. 자신감을 갖고 있되, 세상의 모든 것은 유동적이라는 사실을 자각할 필요가 있는 것이다. 자신감을 갖고 있으면서, 자신감을 갖지 않는 것이 중요하다고 말하는 것은 어려운 일일지도 모른다. 그러나 인생도, 사람도 그저 왔다가 사라져가는 바람과도 같은 것이다.

케네디 대통령이 암살당한 사건은, 지금도 나의 기억 속에 불과 몇 년 전의 일처럼 생생하게 남아 있다. 케네디는 대통령으로서도 스타적인 존재였다. 그러던 사람이 어느 날 갑자기 사라지게 되자, 장차 미국이란 나라를 누가 이끌어갈 것인가 하는 생각을 순간적으로 해보았다.

암살 후 대통령의 사체를 실은 전용기는 곧바로 워싱턴을 향해 날아갔다. 영부인은 그때까지도 피로 얼룩진 옷을 입은 그대로였다. 그 비행기 안에서 존슨 부통령은 대통령 취임을 위한 선서를 했다.

그 어떤 사람이 없어도, 이 세계는 변함없이 잘 돌아가게 마련이다. 중년 이후에 우리가 의식해야 할 것은, 내가 없어도 어느 한 사람 곤란해하지 않는다는 엄연한 현실을 인식하는 일이다. 만일 내가 없어도 전혀 문제가 되지 않는다는 사실이 참으로 비참하게 생각될지는 모르나, 그 누구가 없어도 이 세상은 아무 차질 없이 잘 돌아가게 되므로, 기본적으로 우리들은 안도감을 가질 수 있게 된다.

내가 죽어 괴로운 것은 단지 나 자신뿐이라고 말한다면, 다소 희화적인 표현이 될까? 물론 남겨진 가족은 외로워할 것이다. 좋은 아내, 착한 남편이었다면, 죽은 직후의 허전함은 너무나 커서 위로할 방법이 없다. 그러나 그렇지 않은 경우라 하더라도, 어떤 사람이 사망했거나, 친족 회사의 지위에서 물러났을 때, 가장 뼈저리게 상실감을 느끼게 되는 것은 역시 가족뿐이다.

종종 작가는 절필 선언을 한다. 주로 매스컴의 표현 제약 및 규제에 봉착한 경우이다. 나도 이 원고를 쓰기 바로 며칠 전에 〈선데이 마이니치〉의 연재를 그만두게 되었다. 항상 이유는 한 가지, '차별어' 내지는 피차별 부락(에도 시대에 신분·사회적으로 차별 대우를 받았던 사람들의 사회)에 대한 문제다.

이번에도 나는 차별을 한다거나, 차별해야 마땅하다고 주장한 것은 아니었다. "도쿄에는 (문제 삼을 정도의) 부락 문제가 없다"고 한 것과 "문제가 없는 곳에서는 교육시키지 않았으면 좋겠다"고 말한 것이 잘못됐다는 것이다. 도쿄에서 자라난 사람에게 열심히 부락 문제의 지식을 주입시키는 사람은, 주로 타지방 사람들이다. 현재에는 자취를 감춰버린 차별 문제를 군이 들추어내어 새로운 세대에게 인식시킬 필요가 없다는 것이 나의 주장이다.

단지 지식으로 배웠으나, 그 지식도 두 번 다시 써먹은 예가 없었다. 이유는 간단하다. 써먹는 방법도 몰랐고, 실감도 없었기 때문에 마냥 잊어버리고 있다가 제대로 써먹을 수도 없었다. 이러한 나의 실감에 대해, 물론 이론(異論)을 제기하는 사람도 있겠지만, '그래 맞아, 맞아' 하며 동감하는 사람도 많을 것으로 생각한다.

그래서 나는 서명 원고에 썼다. 서명 원고란 전적인 책임이 필자에게 귀속되는 것이므로, 이론(異論)이 있는 사람은 나에게 이의를 제기해오게 된다. 그러한 것이 자유로운 의견의 교류일 것이다. 그러나 〈선데이 마이니치〉는 개인적인 의견이라 하더라도 안 된다는 것이다. 이런 식으로 전후의 매스컴은 옛날이나 지금이나 공포스럽게 표현 규제를 계속해온 것이다. 쓰쓰이 야스타카(筒井康隆)의 '절필 선언'의 속 내막은, 상황은 같지 않으나 이와 같은 매스컴의 일련의 흐름과 상통한다.

나는 매스컴의 횡포에 맞서 분명치 않은 방법으로 저항을 계속해왔다. 분명치 않은 방법이란 다시 말해서 결코 '절필 선언' 등은 하지 않았다는 것이다.

나는 가톨릭 신자로 일신교를 믿지만, 이 문제에 대해서만은 다신교적인 기분이 드는 경우가 많았다. 나는 이번의 경우처럼 어느 한 곳에서 '버림받게 되면' 항상 십중팔구 어디에선가 구제받곤 했다. 다시 말해서 '버리는 신(神)이 있으면, 줍는 신도 있다는 말은 정말 맞는 말이구나' 라고 절감하면서 지금까지 살아왔다.

그러나 언제까지나 줍는 신만을 믿고 저항해왔던 것은 아니다. 그 증거로 원고가 거부당할 때마다, 나는 늘 '전원 생활로의 귀향'을 생각해왔다. 근사한 말 같으나, 다시 말하면 밭일이 그다지 싫지는 않았다. 다행스럽게도 벌써 30여 년 전부터 미우라 반도의 해변에 땅과 집이 있었으니 그 조그마한 밭에서 야채를 기르고, 밀감을 심고, 바다에서 미역이나 톳 조각을 줍는 생활을 하게 되면, 작가 정신을 팔지 않고서도 어떻게해서든지 살아갈 수 있다는 계산을 하고 있었다.

절필 선언을 하지 않았던 것은, 다시 말해 내가 쓰쓰이 야스타카(筒井康隆)처럼 잘나가는 인기 있는 작가가 아니었기 때문이었다. 절필 선언이라는 행위에는 절필을 하게 되면 주위가 곤란해질 것이라는 계산된 추측이 있을 때에 가능한 것이다. 그러나 나 같은 사람이 아무 말 없이 절필하더라도 알아주는 사람조차 별로 없다. 주위의 극소수의 몇몇 사람만이 '어떻게 된 거야? 무슨 일 있었나?' '아 그러고 보니, 저 사람 요즈음 통 글을 쓰지 않고 있잖아' 정도일 것이다.

그러나 그러한 것도 자연스러워서 좋다는 생각을 하게 됐다. 사람은 누구나 언젠가는 자연스럽게 활동을 그만두게 되는 날이 온다. 주위 사람들을 불편하게 하는 것이 아닌, 자연스레 그만둘 수 있게 된다면 오히려 더 잘된 일이라 생각해야 마땅할 것이다.

그러나 나의 마음속에는 늘 전쟁 중, 군부의 뜻을 따르지 않았던 한 작가 집단의 생활 철학에 대해 깊은 존경심을 갖고 있다. 그들은 문학보국회라는 작가들의 모임에 적극적으로든 소극적으로든 참가하지 않았던 사람들이었다. 다이부 쓰지로 는 적극적으로, 가와바타 야스나리는 소극적으로 저항을 하며, 가마쿠라(鎌倉) 작가들은 가마쿠라 문고라는 책 대여점을 열었다.

나도 이러한 대선배들의 정신을 이어받아, 가능한 한 소극 적으로 저항할 요량이었다. 이토세 씨는 가마쿠라가 아닌, 도 쿄 외각에서 밭일을 할 결의를 다졌던 부류였으나, 나는 원래 부터 밭농사를 좋아했으므로 소설 쓰기를 포기하고 농사 짓 는 일로 전향한다고 하는 비장한 각오조차도 거의 할 필요가 없었다. 한가롭게 지내며 무엇인가 나의 생활 방식에 대해 내 나름의 논리를 갖출 수만 있게 되면, 대성공이라고 할 수 있 다.

그리고 그러한 경우에도 시간은 거침없이 힘차게 흘러가 는 법이다. 누가 잘못했든, 누가 정당했든 그러한 것은 전혀 중요한 문제가 되지 않는다. 그래서 나는 절필 선언도 휴직 선언도 하지 않았다.

결혼식이나 장례식 때, '아무개 씨는 회사에서는 없어서는 안 될 사람이었습니다'라는 말을 하나 그런 말은 대부분이 겉 치레 말이다. '아무개 씨는 정말 재미있는 사람이었습니다'

174

와 같은 칭찬이라면 흔히 있을 수 있다. 그러나 없어서는 안
될 사람이라는 말 등은 가족이라든가 친한 친구 사이의 경우
뿐이다.

최근 몇 달 동안, 일본 금융계의 부패·부조리 관행이 폭로
되었을 때, 실로 많은 사람들이 스스로 목숨을 끊었다. 관청,
은행, 회사 할것없이 자살이라는 극한 방법으로 암울한 최후
를 맞이한 사람들이었다. 남겨진 가족들은 얼마나 상심했었
을까.

그러한 사람들은 모두 '나는 없어서는 안 될 사람이다' 라
고 생각하고 있었을지도 모른다. 그래서 다른 사람을 비호하
며 사실 그대로의 증언을 할 수 없었다든지, 그렇게 해버리면
인생은 끝장이라고 생각했거나, 전적인 책임은 자신에게 있다
고 굳게 믿고 있었던 것이다. 그들은 아마도 의리가 두텁고,
책임감이 강하며 자신감이 강했던 사람들이었을 것이다. 그
래서 무책임한 자신, 능력 없는 자신, 오명(汚名)에 연루된 자
신을 용서하지 못하고 죽음을 택할 수밖에는 없었을 것이다.

그러나 그러한 생각은 잘못된 것이다. 대체로 사람은 누구
나 평범하고 '보잘것없고' '별 볼일 없는' 존재다. 지금까지
잘 살아왔다면 운이 좋았든지, 혹은 다른 사람이 우연히 도와
줬기 때문일 뿐이다.

그렇게 생각할 수 있다면 우리의 마음은 정말로 모든 것에
서 벗어나 자유로워진다. 시야가 넓어지게 되고, 이 세상의
모든 일을 여유를 갖고 웃으면서 대처할 수 있게 된다. 그렇
게 하는 것이 득이 됨은 분명한 일이다.

위기의 가능성을 안다

이 원고를 쓰고 있는 지금도, 나는 몇 살까지를 중년이라 해야 좋을지 잘 모르는 채 여기까지 왔다.

최근에는 나이 40이 넘었어도 유치한 사람들이 꽤 많이 늘었다. 옛날에 자주 보았던 유황 연기에 그을린 은처럼, 드러나 보이지는 않으나 중후한 멋을 지닌 중년의 완성과는 동떨어진 사람들이다. 함께 여행을 하면서 아침에 얼굴을 마주쳐도 "잘 주무셨습니까"라는 말 한마디 없고, 헤어질 때도 "감사합니다. 신세 많이 졌습니다."라는 말조차도 하지 못하는 사람들이 더더욱 많아진 것 같다. 그런 말은 초등학생 정도만 되도 충분히 할 수 있는 마음가짐일 것이다. 예를 들어 그다지 큰 신세를 지지 않았다 하더라도, 그렇게 말하는 것이 인간의 예의인 것이다. 이렇게 말하면 "신세도 지지 않았는데, 굳이 인사까지 할 필요는 없지 않습니까"라고 반론을 제기하는 사람도 있겠으나, 인간은 싫은 사람 옆에 같이 있는 것조차도 싫어하는 것이 당연하므로, 함께 행동하게 해준 것만으로도 고마워서 나는 인사를 하게 된다.

아무튼 정신 연령의 문제는 제쳐놓고, 몇 살부터를 중년이라 해도 상관없을 것 같다. 그러나 중년 이후 필요한 것은 무엇보다도 위기 관리 능력이다. 위기 관리란 위기를 예측해서 미리 대비하는 것이다. 위기에 대비하는 것은 미래형이 된다. 현재의 상황을 믿지 않으며, 좋지 않은 일을 예측하는 것이다. 일반적으로 현실에 없는 가공의 미래를 예상하는 일은, 그 자체만으로도 다소 고급스런 지적 활동이라 할 수 있다.

위기란 일반적으로 세 가지 종류로 나누어진다고 한다.

첫째 위기는 자연적 재해로 홍수나 가뭄, 화산의 분화, 지진, 산사태, 예상치 못한 전염병의 발생이다.

두 번째는 국방적 재해로 전쟁의 발발, 지역 분쟁의 가시화, 난민의 유입, 테러의 빈발 등이다.

세 번째는 사회 구조적 재해인데 세계적 혹은 국내적인 여러 가지 원인으로 인해 식료나 연료의 부족 등을 초래하는 경우이다.

우리들이 한창 젊었을 때는 그러한 갑작스런 운명의 변화에 놀라 어쩔 도리 없이 멍하게 바라만 보고 있어도, 그다지 비난받는 일은 없었다. 아직 독신으로 부모나 형제 이외에 가족이 없는 경우도 있고, 더 큰 의미로는 아직 성장중에 있었기 때문에 자신의 일만으로도 힘이 벅차다는 변명도 통했다.

그러나 중년 이후는 책임을 회피해서는 안 된다. 연로하신 부모가 계시다면, 중년의 아들은 부모를 보살펴드리는 역할을 다하지 않으면 안 된다. 가족이 있다면 더더욱 그렇다. 중년이 된 당사자가 아버지든, 어머니든 아직 성장기에 있는 자녀들을 어떻게 해서든 뒷바라지를 해주지 않으면 안 되는 책임을 떠안고 있는 것이다.

전에도 이런 글을 쓴 적이 있다고 생각되는데 우리들은 항상 현재의 생활이란 일시적인 것이라 생각하며 생활해나가지 않으면 안 된다. 계획대로 취향에 맞게 하루하루를 즐겁게 지내면 좋겠지만, 그러한 생활이 경제적으로나, 사회적으로 또한 건강 면에서도 변함없이 계속되리라는 보장은 없는 것이다.

지금 일본의 불경기가 그러한 예이다. 경기가 호황일 때는 이러한 상태가 계속될 것으로 대부분의 사람들처럼 나도 그렇게 믿고 싶었다. 당시 나도 아는 사람으로부터 부동산 투자를 권유받았다. 우리 부부는 여느 부부처럼 물질적이며, 금욕적이지는 않았다. 정말로 우리 자신이 원하는 물건은 분에 넘치는 것이라도 무리해서 사곤 했지만 그때 부동산에 새삼스레 투자를 할 마음은 없었다.

바닷가 근처에 살고 싶었던 나는 이미 30여 년 전에, 내가 노력해서 번 최초의 돈으로 해안가 근처에 땅을 사서 집을 지어 두었다. 정원에 빽빽하게 야자수를 심고, 석양을 바라보는 것이 나의 소망이었으므로 그것에 따른 것이었다. 요즈음도 아주 짧은 틈만 생겨도 만사를 제쳐놓고 그 집으로 달려간다.

나는 그곳에서 텃밭을 가꾸며 꽃을 심어놓았다.

나의 꿈이었던 야자수는 전혀 손이 가지 않아 정말로 경제적인 식물이다. 처음엔 야자수 그늘 아래서 낮잠 잘 수 있는 정도의 높이를 원했었는데, 당시에 그 정도라면 가격이 15만 엔이나 된다고 해 나는 깜짝 놀라, 결국 정원용 빗자루를 거꾸로 세워놓은 길이만한 모종을 심었다. 그 야자수가 삼십 여년의 세월이 지나는 동안 훌륭하게 자라나, 그 나무 그늘 아래서 낮잠을 잘 수 있게 되었다.

그 땅에는 지나온 내 생활의 온갖 자취가 배어 있다. 그 땅에 흠뻑 빠져 있으면서도, 나는 항상 언젠가는 그 땅을 처분할 것을 염두에 두고 생활해왔다. 왜냐하면 나와 내 자손에 이르기까지 오랜 세월 일정한 토지를 계속 소유한다는 것은 사람이 할 수 있는 일이 못된다고 생각하기 때문이다. 나는 일단 땅을 사긴 했지만, 그것은 운명이랄까 혹은 신으로부터 얼마동안 '삼가 빌린 것'으로 언젠가는 그것을 누구에게든 되돌려주어야 한다고 생각한다.

사십대가 거의 끝날 무렵, 갑자기 들이닥친 눈병을 앓으면서, 나의 마음은 원예 쪽으로 기울고 있었으나, 그 당시는 시력이 거의 없었기 때문에 밭일을 하는 것은 불가능했다. 지금도 기억나는데, 옛날에 나를 길러준 할머니가 그 무렵 그 해안가의 집에 살면서 푸성귀나 콩 등을 길러주셨다. 최소한 할머니가 심어놓은 것을 거두어들이는 일 정도는 도와드리고 싶었으나, 나는 콩의 줄기와 열매를 구별할 수 있는 시력조차 없었다. 그래서 나는 오로지 할머니가 하시는 잡다한 일 외에는 도와드릴 수가 없었다. 석회를 밭에 뿌리는 일이나, 손으로 더듬어 토마토의 가지를 받침 기둥에 묶는 일과 같은 어중간한 일들이었다.

그때 나는 정원사에게 부탁해 밀감, 키위, 비파나무, 백합, 수선화 뿌리 등을 심었다. 물론 내 마음의 위안을 얻기 위해서 과일 나무를 심어두었다. 혹시 나의 눈이 수술 후에도 완치되지 않는다면, 도저히 집을 관리할 능력도 없을 것이고, 그렇게 되면 몹시 애착을 갖고 있던 집이라 해도 결국은 팔게 되지 않을까 하는 생각을 하고 있었지만 말이다. 또 이 집을 사게 되는 집주인은 사원 주택을 지을 가능성이 많았기 때문에 밀감 나무 등은 죄다 베어버릴지도 모른다는 생각도 들었지만 말이다.

만의 하나 집을 산 사람이 아무런 사정도 모르는 채, 풍성하게 열린 밀감을 맛있게 먹어준다면 나는 그것으로 만족할 것이라고 생각하면서. 바로 그러한 것이 미완성의 소설처럼 흥미로운 것이다.

우리들은 누구나 씌어지지 않은 소설을 살아가고 있다. 작가는 그 수만 분의 일을 쓸 뿐이다. 중년이 되면 씌어지지 않은 부분도 잘 보이게 된다. 위기 관리란 그러한 부분의 극단적인 면을 극단적으로 표현한 것이라고나 할까. 위기까지는 가지 않더라도, 우리들은 운명의 좌절을 맛보거나, 어쩔 수 없이 서서히 방향 전환을 해야만 하는 경우가 생긴다. 그러한 가능성을 항상 염두에 두어야 하는 것이 중년의 사명이다. 그러한 생각을 미처 못하였기 때문에 버블 경제가 터졌을 때, 모두가 어떻게 해야 할지 모르는 난관에 봉착했던 것이다.

회사가 한결같이 경기가 좋고, 봉급 인상도 별무리 없이 지금의 수준 정도로 계속 인상될 것이라는 생각은, 현실적으로 거의 희박한 일이다. 우리들은 누구나 예상치도 못했던 생애를 보내게 된다. 좋은 의미에서든 좋지 않은 의미에서든.

젊었을 때부터, 나는 주 1회 정도는 신문의 구인 광고란을 상세히 읽는 버릇이 있었다. 나는 40년 이상 줄곧 소설 쓰는 일만 계속해왔으므로, 당장 전직(轉職)을 생각하지 않으면 안 되는 경우도 없었지만, 늘 더 이상 소설을 쓸 수 없게 될 상황을 가정하면서 궁리를 하였던 것이다. 재능의 고갈이라는 문제도 있을 수 있다. 그러나 그런 문제보다 현실적으로 다가왔던 것은, 매스컴 특히 대규모의 전국지가 40년 가까이 계속 표현의 자유에 대해 제약을 가해왔다는 것 때문이었다.

탄압도 탄압 나름이다. 도가 심해진다면, 나는 집필을 포기하고 다른 일을 하며 살아가지 않으면 안 되었다. 젊었을 때에는 텃밭을 가꾸는 일 등은 생각조차 해보지 않았기 때문에, 그 당시는 밭일 이외의 어떤 직업으로 밥을 먹고 살 것인가를 항상 생각했었다.

그 당시 혹시 작가를 그만두지 않으면 안 되는 상황이 되었다면, 나는 요즈음으로 말하면 3D(지저분하고, 위험스럽고, 힘든)에 해당하는 일을 하려고 결심하고 있었다. 지금은 거의 없어졌으나, 흡입식 분뇨 수거차의 운전 기사는 그중의 하나였다. 나는 자동차 이종 면허를 갖고 있으나 내 성격은 전혀 운전에 적합하지 않았으므로, 택시 운전 기사처럼 신경을 써야 하는 직업보다는 육체 노동을 하는 편이 오히려 마음이 편했다. 게다가 더러운 곳을 깨끗하게 하는 것이야말로 가장 훌륭한 일이라는 어머니의 말씀이 그때도 여전히 귓전에 생생하게 남아 있었다.

신문의 구인 광고를 세세히 보는 데에는 넉넉잡아 한 시간은 걸렸으나, 거기서 몇 가지 내가 할 수 있을 만한 일을 찾아내게 되면 나는 마음이 놓였다. 그 당시 절필은 하지 않았으나 항상 그것에 대비해 준비를 해놓고 있었으므로.

우스운 이야기이지만 지금도 나는 가끔 아주 가난한 개발도상국에 갈 때마다, 혹시 나의 여생을 이러한 나라에서 보내지 않으면 안 되는 경우(물론 그 경우, 글을 쓸 가망성은 거의 희박하다는 것이 기정 사실이므로) 무엇을 하며 살아가게 될 것인가를 생각해보는 버릇이 있다. 막상 따져보면 나에게는 가능한 일이 네 가지나 있었다.

칼 가는 사람, 일본 요리점, 손금쟁이 · 점쟁이, 침술사 이 네 가지는 모두 나의 취미이지만, 만일의 경우 직업으로서도 가능성이 있으므로, 소심한 나는 안심할 수 있었다.

그러나 그것은 현재의 상황을 믿고만 있으면 안 된다고 생각하는 나의 심정을 나타내는 것이다. 사상 탄압에 직면해 글을 쓸 수 없게 되는 것도, 개발도상국에서 살지 않으면 안 되게 되는 것도, 나에게는 하나의 위기이다. 그러한 때, 자신을 살릴 수 있는 것은 자신뿐이다. 국가를 상대로 소송을 제기하는 것이, 최근에는 당연한 것으로 받아들여지고 있으나, 그러한 것으로 완전하게 운명을 보상받는 경우는 거의 없다.

중년까지 아무런 걱정 없이 살아왔다면, 가까운 시일에 이변이 생긴다 하더라도 불평은 할 수 없다. 그러므로 중년은 편안하고 걱정이 없을 때, 비상시를 항상 대비하는 자세가 되어 있지 않으면 안 되는 것이다.

위기 관리에 대해서 전혀 생각하지 않는 사람은, 아마도 어른이 되어도 어린애와 같을 거라는 생각이 든다. 위기를 잘 관리할 수 있을지 어떨지는 별개의 문제로 하더라도 개인적, 사회적, 국제적인 위기 관리란 어느 경우든 가공의 상태를 예상해서 그것에 대처하는 방법을 생각하는 것이다. 아내가 먼저 이 세상을 떠날지도 모르는 일인데, 부엌일 한 가지도 할 수 없는 남자란, 정말로 미성숙한 중년의 전형이라 할 수 있다.

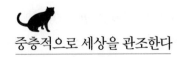

중층적으로 세상을 관조한다

　지금까지 부분적으로는 기술했으나, 다시 한 번 강조하고 싶은 것이 있다. 그것은 중년 이후가 되면 여러 가지 일에 가치관의 혼란이 생긴다는 것이다. 일반적으로 혼란이란 생기는 것보다는 생기지 않는 편이 바람직한 것으로 생각되어진다. 그러나 내 생각으로는 혼란이 일어나지 않는다면 인간은 몹시 얄팍하고 시시한 존재로 생을 마감하게 될 것 같다.

　젊었을 때는 자신이 하고 싶은 일이 있었고, 그리하여 한결같이 그 일을 향해서 돌진하게 마련이다. 그 목적에 도달하면 성공, 도달하지 못하면 좌절이라는 실로 간단한 판단을 하게 된다. 그러나 그 '하고 싶은 일' 이라는 것이 약간은 모호한 것이다. 진정 자신이 하고 싶은 일이라는 것 자체를 젊었을 때는 잘 알 수가 없다. 예를 들어 같은 학급에 서로 경쟁 의식을 갖고 있는 두 명의 수재가 있는 경우, 그중 한 사람이 도쿄 대 법학부를 지원한다고 하면, '좋다, 그 녀석이 간다면, 나도 도쿄대 법학부에 가야지' 라는 발상을 하는 경우가 흔히 있는 일이기 때문이다. '좋아하는 일' 과 '하고 싶은 일' 이란 약간 의 차이가 있는데, 그 점에 대해서는 별로 의식들을 하지 않는 것 같다.

젊은 사람들의 취업 동향을 신문에서 보게 되면, 그들은 자 신들의 취향에 따라서가 아니라, 지나치게 유행에 휩쓸려가 는 면이 있다는 것을 느끼게 된다. 당연한 일이겠지만, 그들 은 그 직업에서 오는 괴로움이나 따분함도 잘 파악하지 못하 는 것이다. 새벽부터 밤 늦게까지 사생활도 없을 정도로 사람 을 혹사시키는 회사라도, 그 회사가 업계 최고라 하면, 결국은 매력을 느끼게 된다. 또 도덕성과는 거리가 먼 회사라도 매출 이 많아지게 되면, 왠지 장사란 바로 이런 것이구나, 하며 납 득하게 된다.

젊었을 때는 내가 하고 싶은 일이 무엇이며 하고 싶지 않은 일이 무엇인지에 대한 취향이 분명치 않으며, 그 일의 본질에 대한 의미도 잘 알 수가 없다. 혹 비범한 천재라면 알 수 있을 지도 모르지만, '보통 사람' 에게는 결코 보이지 않는 미래의 부분인 것이다.

나도 젊었을 때에는 텔레비전에 제법 많이 출연했다. 그러 나 사실은 재능이 전혀 없었다. 몹시 심한 근시였기 때문에, 사람들의 얼굴도 제대로 기억하지 못했고, 자세도 좋지 않았 으며, 지금보다도 훨씬 어두운 성격이었기 때문에(지금도 사실은 어두운 성격이지만, 그러한 성격이 여러 가지 요소로 와해되고, 뒤죽박죽 섞여서 알 수 없게 되어버린 것뿐이다.) 텔레비전에는 전혀 적합하지 않은 사람이었다.

젊은 작가로서 인터뷰 하러 간 적도 있었는데 재능이나 지식이 넘치는 훌륭한 대화 상대자는 못 되었다. 전날이나 그 전날, 심할 때는 인터뷰 하러 가는 차 안에서 인터뷰 할 상대의 경력을 대충 훑어본 적도 있다. 졸업한 학교의 학창 시절 이야기, 고향에서 배운 지식이나 체험 등에 대한 이야기를 듣기 위한 것이었다. 벼락치기 지식으로 인터뷰 하는 것도 좋지 않은 일이지만, 그래도 요즈음 인터뷰 하는 사람보다는 조금은 나은 편이었다. 최근에 내게 와서 "몇 년생이십니까?", "학교는 어디를 졸업하셨습니까?" 하며 묻는 사람도 드물지 않다.

그러는 동안 나는 정말로 텔레비전이 싫어졌고, 싫은 것을 넘어서 무섭다고 느끼게 되었다. 사교도 그리 좋아하는 성격은 아니지만, 그래도 사람을 직접 만나는 경우에는 상대방이 눈에 보이므로, 노력한다면 어쨌든 심리적으로 유대 관계는 유지할 수 있는데, 보이지 않는 상대에게 말을 하는 경우엔 어떤 표정을 지어야 좋을지 알 수가 없다. 그래서 요즈음은 라디오 출연은 좋아하지만, 텔레비전에는 가급적이면 출연을 하지 않으려 한다.

대체로 머리 좋은 사람들이 정부 요직에 들어간다고들 한다. 하지만 막상 장관이 되고 나면 실망감을 느끼는 사람도 상당히 많을 것 같은 생각이 든다. 왜냐하면 그곳에서는 중요한 때에 자신의 주장을 피력하는 것이 불가능할 뿐 아니라, 어쩌다 자신의 주장을 감히 내세우더라도 반드시 그 화살이 자신에게 되돌아오기 때문이다. 자신의 의견을 내세울 수 없는 직장에서, 평생을 근무한다는 것은 대단히 불행한 일이라 생각한다. 미움을 받는다거나, 의견 충돌이 생긴다거나 하는 일들은 얼마든지 있을 수 있다. 그러나 "그러한 말씀은 하지 마십시오."라는 말을 듣는 입장에서 생활한다는 것은 건강에도 안 좋으며, 인생이 한낱 보잘것없고 측은하게 느껴질 수도 있다.

이번에 문부대신(한국의 교육부장관에 해당)이 된 아리마 아키토(有馬朗人) 씨에 대해서도, 문부성 내부에서는 환영하면서도 "저분은 중앙 교육 심의회의 회장으로서 활달하게 말을 잘하는 성격인데, 장관이 되면 국회 답변 등을 하게 될 때 해서는 안 되는 말들도 있을 텐데, 그런 문제들를 어떻게 대처해나갈지 불안하다."라고 걱정했던 간부가 있었다.

물론 그러한 부자유를 감수하면서라도 장관직을 해보고 싶은 것도 본인의 선택이다. 중요한 것은 실체를 정확히 판단하고 선택하는 일이다. 그러나 그러한 선택이란 젊었을 때는 불가능한 일이다.

외교관은 외관상 멋있는 직업이지만, 자신이 가고 싶지도 않은 외국에 일정 기간 동안 머무를 수도 있다. 그곳에서 재미있는 일도 있겠지만, 별볼일 없는 시시한 일들도 즐비하다는 사실을 전혀 예상하지 못한다. 상사에 들어가면 서류 가방을 들고, 비행기를 타고 뉴욕이나 런던을 날아다닐 거라고 생각하겠지만, 환율이 1엔 올라가고 내려가는 것에 속 쓰라린

괴로운 심정이 될지도 모른다는 사실을, 대부분 입사 때에는 미처 생각하지 못한다. 한때 증권 회사 몇 군데가 취직하고 싶은 회사 순위 상위권에 연달아 나열된 적이 있었는데, 최근의 사태로 그것은 허황된 꿈이었다는 사실을 깊이 깨달았을 것이다. 최근 엔화가 떨어졌다는 뉴스가 흘러나올 때마다, 주식 거래소의 광경이 텔레비전에 방영된다. 나 같은 사람은 그런 사람 냄새 나지 않는 공간에서 단 하루만 지내도 병이 생길 것 같다. 물론 그러한 판단은 '나만의 걱정'일지도 모른다. 그들 중에는 환시세의 살벌한 전투에 참가하는 것에서 살아 있음을 실감하는 사람도 있을 것이기 때문이다.

대체로 인간은 나이가 들어야만 중층적으로 세상사를 관조할 수 있게 된다. 즉 겉으로나 내면으로나 또는 비스듬히 말이다. 그것은 나이와 더불어 생겨나는 하나의 재능이다. 그러한 재능이란 아주 뒤늦게 개화하며, 꽤 지긋한 나이가 되었어도 계속 자라나는 싹과도 같다.

젊었을 때에는 인생이 자신의 희망대로 되지 않으면 실패한 것이라는 지나치게 명쾌한 논리를 적용한다. 그러나 중년 이후는, 어떠한 인생이든 좋지 않은 면도 있고, 나름대로 좋은 면도 있다는 불투명한 인생의 묘미를 느끼게 된다.

돈이 없으면 인간은 왠지 정신적인 여유가 없어져 하찮은 문제를 놓고도 싸우는 일이 흔하다. 나 같은 사람은 돈은 말할 것도 없고 배가 고프던가, 약간의 미열이 있는 것만으로도 금세 기분이 불쾌해진다.

나는 미지의 후원인으로부터 편지를 한 통 받았는데, 정말

돈으로는 사람의 마음을 구제할 수 없다는 사실을 새삼 깨닫
게 되었다.

해외 일본인 선교사 활동 후원회는 얼마 전 수백만 엔이나
되는 거액의 돈을 기부받은 적이 있다. 대단한 액수였지만 발
송인의 주소나 이름은 정확하게 알 수 없었다. 단지 "이 돈은
더 이상 필요 없게 되었으므로, 그쪽에서 사람들을 도와주는
데 사용하시기 바랍니다."라는 의미의 편지만 달랑 들어 있었
다. 그 정도의 돈이라면, 후원용 분유를 (우리는 시중의 반 가
격으로 살 수 있는 규정이 있으므로) 수톤이나 살 수 있다는
계산이 나온다.

여러 사람에게 이 이야기를 해주었는데, 몇 사람이 비슷한
말을 했다.

"틀림없이 그 사람은 아들이나 딸에게 주려고 돈을 모아왔
을 터인데, 그의 자식이 도가 지나칠 정도로 부모를 업신여겼
을 거예요. 어느 날 문득 그런 사실을 알아차리게 되니 지금
까지의 자기 생각이 얼마나 어리석었는지를 느끼게 된 게 아
닐까요? 그래서 후원회를 통해 아프리카에서 굶어 죽어가는
아이들에게 도움을 줄 수 있다면, 그렇게 하는 것이 오히려 가
치가 있다고 생각하지 않았을까요?"

한결같이 상당히 흡사한 말들을 하기는 했지만…, 아마도
사정은 다를 것이다. 세상사가 예측대로 되어진 적은 거의 없
으므로…. 그러나 진실이 밝혀지지 않은 이상, 어디까지나 하
나의 가정으로서, 그 돈은 이 세상 어디에서나 있을 수 있는
보편적인 사정, 즉 부모 자식 간의 다툼과 불행한 단절의 결과

로 인해 흘러들어오게 되었다고 생각하자.

부모가 자식에게 심리적으로나 육체적으로, 또 경제적으로 부담을 주어서는 안 된다고 우리들은 항상 다짐한다. 그뿐 아니라 적극적으로 재산을 늘리기 위해 궁리해가며 돈을 모은다. 그렇게까지 하는데도 어느 날 문득, 자식은 부모에 대한 배려는 전혀 안중에도 없을 뿐만 아니라, 부모의 돈만을 노리고 있다는 사실을 알게 된다.

부모 자식 간에 있어서 이처럼 허망한 일이란 없을 것이다. 그 부모는 자식과의 관계를 금전과 상관없는 원래의 상태로 되돌리고자 한다. 돈 따위 때문에 부모 자식의 관계가 비뚤어지는 것이다. 이처럼 독이 있는 돈이라면, 아프리카의 어린이를 구제하는 데 사용되어지는 것이 오히려 그 독을 말끔히 제거하는 것이라고 생각하는 것도 전혀 무리는 아니다.

"돈을 목적으로 한들 상관없지 않습니까? 부모가 돈이 있기 때문에 도와준다고 해도, 그것 또한 나쁘다고는 할 수 없지 않을까요? 나 같은 사람은 돈이 없기 때문에 자식에게 버림받았답니다." 이렇게 말하는 부모도 있을 것이다.

"나는 돈이 없었습니다. 그래서 자식 외에는 돌봐주는 사람이 없었습니다. 참으로 많은 폐를 끼쳤습니다." 이런 말을 하는 부모를 만난 적은 없지만, 가능성은 얼마든지 있을 수 있다. 오히려 돈이 없는 경우, 인간의 마음은 가식 없이 통하게 된다. 돌보아주는 사람에게도 어려움은 있겠지만, 진정한 기쁨을 느낄 수도 있다.

어떠한 상황이 바람직한 것인지 나는 잘 모른다. 상식으로는 나 역시 '자식에게 부담은 주고 싶지 않을' 뿐이다. 그러나 이 말은 해답의 극히 일부분일 뿐이라는 것도 알고 있다. 주소도 알 수 없고, 이름도 어쩌면 가명일지도 모르는 어머니가 친자식에게 느낀 절망감 때문에, 우리는 어마어마한 양의 분유를 살 수 있었고, 그것으로 수십 명 혹은 수백 명 아이들의 생명을 구할 수 있게 되었는지도 모른다.

대체로 '사랑이 인간을 구제하는' 것이다. 그러나 가끔은 '미움과 절망이 인간을 구제하는' 경우도 있다. 이러한 사실은 젊었을 때는 감히 상상도 할 수 없었던 일이다. 중년 이후, 사고가 때로는 프리즘처럼 굴절되어 속에서 전혀 생각지도 못했던 색이 나타나, 의도했던 것과는 다른 방향으로 마음이 끌린다는 것을 깨닫는 순간, 우리들은 현기증이 날 정도의 아찔함을 경험하게 된다. 이렇게 될 줄 몰랐다며 화를 내기도 하고, 혹은 놀라서 얼이 빠지기도 하며, 또 가끔은 저도 모르는 사이에 나쁜 일이나 좋은 일에 연루되어 있는 것을 발견하게 된다. 그러한 운명의 초대도 있는 것이다.

젊었을 때에는 초대조차도 단순하게 생각했다. 저 사람은 나에게 호의를 갖고 대해주기 때문에 초대했고, 저 사람은 나를 싫어하기 때문에 초대하지 않았다. 대부분의 경우 초대받지 못한 것은 씁쓸한 일이다. 리쿠르트 사건 때, 미공개 주식이 정·재계의 거물급에게 배분된 것이 드러났을 때, 이 이야기는 상당한 웃음 거리가 되었었다. 나도 일단은 유행에 편승한 남편에게

"여보, 당신도 주식을 못 받은 사람 중 한 사람이지요?"

라고 말하자

"암 그렇지, 엔도 슈사쿠(遠藤周作) 씨도 갖지 못했다던데. 지금이라도 서둘러 사서, 날짜 부분만 손가락으로 가리고 '이 것이 바로 리쿠르트의 사장으로부터 부탁받아 인수한 주식인 데요' 라고 말할까 했었지."

하면서 재미있어 했다.

대체로 권력자에게 신임을 얻으면 출세도 하고 여러 가지로 득이 된다. 그러나 신임을 얻지 못한 바로 그 점 때문에, 목숨을 건진 사람도 역사상 얼마든지 있다. 인간의 예측 정도로는 이러한 운명 구조의 변화 무쌍함을 도저히 가늠할 수가 없다.

그럼에도 불구하고 여전히, 인간은 아무런 뉘우침도 없이 상식을 따른다. 돈을 벌기 위해서, 출세를 목표로 허세를 부린다. 그래도 할 수 없는 일이다. 아니, 그 이외의 다른 길을 가는 것이 오히려 불필요한 에너지가 요구되어지기도 한다.

그러나 그러한 상식은 절대로 힘을 갖지 못한다는 사실에 유의하면서, 우리들은 상식을 따라야 한다. 상식이란 그다지 중요한 것은 못 되지만, 다른 사람에게 폐를 끼치는 정도는 비교적 적다. 우리들은 많은 사람과 피상적인 교제를 하게 되므로, 상식적인 폐는 끼치지 않는 것이 좋다. 우리들로서는 운명이라는 것은 그 정도밖에는 예측할 수 없는 것이라고, 중년 이후 처음으로 이해하게 되는 것이다.

가능한 일과 불가능한 일

"어떠한 사람도 옷만큼은 한 번에 한 벌씩밖에는 입을 수 없다"라는 이탈리아 속담을 들었을 때 정말로 동감했다.

젊었을 때, 특히 학생 시절에는 옷이란 많으면 많을수록 얼마든지 입을 수 있을 것 같았다. 분명 한 번에 한 벌씩이기는 하지만, 기나긴 인생에서 옷이란 아무리 많아도 즐겁게 입을 수 있는 것이라 믿어 의심치 않았다.

시간도 마찬가지였다. 영화를 볼까, 여행을 할까, 숙제인 영어 책을 읽을까, 친구네 집에 놀러갈까, 무엇이든 다 마음이 내키는 일이었으므로, 무엇을 할 것인지 본인이 결정만 하면 되는 문제였다. 무료함에 대해서도 자주 생각했다. 매우 심심해하는 사람을 본 적이 있다. 돈이 있는 부인으로, 바람을 피우고 있었다. 흔히 그러하듯 무료함이란 좋지 않은 상태이다.

그러나 무료함을 느끼지 않는다면 아마 인생도 알 수 없을 것 같은 모순된 생각도 든다.

인생에서 가장 큰 제약이 되는 것은 단 한 가지, 아마도 돈이 없다는 것이리라. 이것이 그 당시 내 이해 수준의 한계였다. 그러나 중년 이후가 되어 그렇지 않다는 사실을 알게 되었다. 청춘기를 벗어나자마자, 우리들 마음의 대부분을 차지하는 것은 제한된 인생에서 의미 있는 요소들을 어떻게 잘 활용하면서 살아갈 것인가 하는 문제였다. 체력, 돈 내지는 물건, 시간, 마음 등을 잘 배분하는 방법이란, 사실 대단히 어려운 것이기도 하고, 게다가 당사자 이외에는 누구도 결정해주지 않을 뿐만 아니라 그 결과도 책임져주지 않는다.

다시 말해서, 회사가 근무 시간을 초과해 일해줄 것을 요구한 경우, 그 요구를 그대로 따라야만 하는지 어떤지는, 누구라도 쉽게 결정할 수 없다. 의외로 손쉽게 일을 잘 처리하는 사람이 있는가 하면, 피곤이 쌓여 밤잠을 이룰 수 없을 정도로 큰 타격을 입게 되는 사람도 있다. 그런 사람은 그와 같은 상태가 계속된다면 고혈압이나, 암에 걸릴 수도 있고, 발작적으로 투신 자살을 할 수도 있는 것이다. 그러한 경우는 회사가 아무리 어려운 지경에 놓이게 된다 하더라도 눈 딱 감고 쉬어야 하겠지만, 막상 그렇게 한다면 자신에게 쏠리고 있는 회사의 기대를 저버리는 것이 되고, 출세에도 지장이 되는 것이 된다.

그러나 마음이나 몸이 병드는 것보다는 낫다는 판단이 서게 되는 것이 바로 중년 이후인 것이다.

요전 날 간사이 지방에 살고 있는 아들 가족이 놀러와, 오랜 만에 고등학교 일 학년이 된 손자와 아침을 먹으며 이야기를 나누었다.

"클럽 활동은 하고 있니? 소림사 권법(少林寺 拳法) 외에…."

내가 물었다. 손자는 초등학교 일 학년 때 소림사 권법을 시작해서 줄곧 계속하고 있었다. 아들은 고교 시절에 육상에 한창 열심이었다. 한때 우리 집 현관이 포환이나 창으로 가득 들어찬 적이 있었기 때문에 나는 "이러다가 흉기 소지죄에 걸리는 건 아니야"라며 농담을 했던 기억도 있다.

그러나 손자의 고교 생활은 제 아버지와 달랐다. 손자는 지금 독서 이외에는 아무것도 하지 않는다고 했다.

"아버지가 그러셨어요. 좋아하는 일은 한 가지만 집중해서 하는 것이 좋지 않겠느냐고요. 저도 그게 좋을 것 같아서요."

라며 손자는 자기 아버지를 대단히 존경하고 있는 눈치였다.

가만 생각해보니, 나의 아들 즉 내 손자의 아버지는 이미 중년이 되어 있었다. 그래서 자기 아들에게 이를테면 충고라 할까, 지혜를 심어줄 수 있는 나이가 된 것이다. 내 생각으로는 사십대와 오십대는 꽃이 활짝 핀 시기이고, 육십대도 내 체험으로는 상당히 멋진 시기였다. 체력은 분명 떨어지고 있지만, 인생을 보는 안목은 확연하게 깊어져간다. 그러므로 40세부터 65세까지의 4분의 1세기 동안, 만약 큰 병도 앓지 않았고 정상적인 생활이 가능했다고 한다면, 그것은 아주 멋진 선물을 받은 것과도 같다.

우선 우리들은 남은 시간을 누구와 함께 보낼 것인가를 생각해보아야 한다. 나는 아주 오랫동안 토목 공부를 해왔기 때문에 자주 현장에 갈 기회가 있었다. 시나노오마치(信濃大町)에서 약간 서쪽으로 들어간 골짜기에 있는 다카세(高瀬) 댐의 건설 현장에 다닐 때였다. 월요일 아침 7시나 8시 신주쿠(新宿)발 쥬오센(中央線) 기차에는 주말에만 집에 왔다가 회사로 출근하는 사람들이 한꺼번에 몰려 타곤 하였다. 그러한 사람들이 상당히 많았으므로, 회사에서도 마쓰모토(松下)까지 버스를 내보내 그들을 태워오기도 했다. 오이토센(大系線)으로 오마치(大町) 역까지 가려면 지선(支線)이므로 시간이 더 걸리기 때문이다.

나는 그러한 기업 전사들의 모습에 가끔 측은함을 느끼기도 했고, 또 한편으로는 일을 떠나 신선한 기분으로 2주일에 한 번 정도 가정에 돌아오는 그런 생활도 멋지지 않나 하는 생각도 했다.

그러나 어린아이를 둔 아버지들은 특히 가족과 떨어져 사는 것이 괴로웠을 것이다. 한참 만에 집에 돌아왔는데 아이가 "이 아저씨 누구야?"라고 묻기도 하고, "아빠, 다음번엔 언제 또 놀러와?"라고 하면 "놀러오는 게 아니고 집에 돌아오는 거지."라는 어처구니없는 대화를 주고받았다는 사람도 있었다. 아내가 있는 곳으로 돌아오는 것인데 마치 첩의 집에 들르는 것과 같은 말투였다.

우리들 모두가 고민하는 것은 하루 24시간, 한 달에 30일밖에 없는 시간을 어떤 식으로 잘 배분해서 사용하느냐 하는 문제이다. 아이들과 함께 지내는 시간도 되도록 많이 갖고 싶다. 그러나 댐 건설 현장의 일은 싸들고 돌아가 집에서 할 수 있는 일이 아니다.

집에 있더라도 마찬가지다. 소설가는 줄곧 집에서 작업을 하므로 정말로 편한 직업처럼 생각되어지지만, 그러나 집중해서 글을 쓰고 있는 사람은 가족의 일 따위는 안중에도 없다.

인간은 한 번에 두 벌의 옷을 입을 수 없을 뿐만 아니라, 한 번에 두 가지 일을 생각할 수 없고, 각기 다른 장소에 있는 두 사람과 동시에 대화를 하는 것은 원칙적으로 불가능한 일이다. 최근에 가끔 텔레비전 대담 등에서 일본과 미국을 동시에 연결하는 일도 있으나, 나는 썩 기분이 내키지 않아 별로 출연하고 싶지 않다. 그렇게 되면 우선 누구와 먼저 이야기를 나눌 것인가가 하나의 선택이 된다.

다시 말해서 우리들은 같은 공간을 공유하는 사람 외에는 체험을 함께 나눌 수가 없다. 성실이라는 것도 실천하기란 어려운 것이다. 연세 드신 부모와 지금 함께 살면서 부족하나마 어느 정도의 시간을 함께 보낼 수 있느냐 하는 것이, 효도의 가장 소박한 표현일 거라는 생각이 든다. 부모와 함께 살지 않으면 일일이 방문하는 시간에도 한계가 있다.

효도를 할 요량으로 부모의 집을 방문하게 되면, 아이가 함께 가자고 조르는 해수욕장에 갈 시간을 낼 수 없게 된다. 인간의 몸은 하나뿐이므로, 어느 한 가지를 선택하면, 어딘가에는 손길이 미치지 못하게 된다.

죽음이 거의 임박한 남편 간병을 몇 년 동안이나 계속해오던 아내가 있었다. 그녀가 그 당시 최우선시해야겠다고 결심했던 것은 무슨 일이 있더라도 밤낮으로 남편과 함께 있는 것이었다. 사이가 좋았던 부부지만 매일 24시간 사경을 헤매고 있는 사람과 함께 지내는 동안, 그녀는 머리카락이 슬슬 빠지기 시작했다.

이러면 안 되지. 환자이지만 건강한 아내에게서 간호를 받고 싶을 텐데, 머리 숱이 듬성듬성한, 우울한 아내의 모습 따위를 보고 싶지는 않을 거야. 이러한 생각이 들어 그녀는 일주일에 이틀, 날을 정해 남편을 간병할 사람을 불러들이고 외출하게 되었다. 이틀 중 하루는 아침나절에 미장원에 가 머리 손질을 하고, 경제 사정이 허락되는 범위 내에서 옷이나 장식품 등을 샀다.

예전에 그녀는 자칭 쇼핑 귀신이라 할 정도로, 쇼핑을 좋아하고 즐겼으나 남편이 병이 들면서부터는, 물건 따위엔 전혀 관심을 갖지 않게 되었다. 핸드백이나 블라우스를 사게 되면 더욱더 비참한 생각이 들었다. 오직 한 가지 바라는 것은, 남편이 완쾌되어 둘이서 다시 함께 지내고 싶은 것뿐이었다. 자신은 생이 보장되어 있는데, 남편은 사형 선고를 받은 몸이었다. 불교를 믿는 집안이라, 부처님의 구원을 믿지 않는 것은 아니지만, 남편이 죽게 되면 그것으로써 영원히 헤어지게 될 것으로 생각한 때도 있었다. 한 사람은 살고, 한 사람은 죽는다. 이러한 운명의 담장을 헐어버릴 수 없다는 사실이 폭력적인 부조리처럼 느껴졌다.

밖에서 어울리다 보면, 건강하게 외출할 수 있는 자신을 남편이 얼마나 원망하고 있을까 하는 생각도 들었다. 게다가 남은 시간을 가능한 한 남편과 함께 보낼 것을 결심했건만, 이렇게 혼자서라도 즐기지 못하게 되면, 그나마 간병할 기력마저도 없어질 것 같은 자신에 대해 혹시 남편을 배신하고 있는 것은 아닐까 하는 생각도 들었다.

"일 주일에 이틀 정도 쉬는 것은 당연한 일 아닌가."

내가 말했다.

"남편의 간병이라지만, 그것도 길어지게 되면 잠깐씩 휴식을 취해야만 간병도 오래 할 수 있지 않겠어요!"

하루는 24시간뿐이다. 도저히 우리 마음대로 조작 불가능한 것이 바로 시간이다. 시간은 가장 잔혹한 것이다. 시간은 최고의 성실을 요구한다. 누구에게, 어디서, 무엇을 단념하고 무엇을 선택하기 위해 사용할 것인가를 분명히 할 것을 요구한다. 그래서 나는 시간이 두렵다.

시간 다음으로 돈도 마찬가지다. 한 가지에 써버리게 되면, 그 외의 것에 돌아가는 금액은 줄어들게 된다. 남편의 양복을 사게 되면, 아내의 핸드백을 살 수 없게 된다. 부모 입장에서는 자식들 모두를 학원에 보내고 싶으나, 장남이 대학에 들어갈 때까지는 차남의 학원 입학을 보류하는 것이 당연한 일이다. 두루두루 아쉬울 것 없이 모든 자식들에게 공평하게 해주는 것이란, 경제적으로 꽤 여유가 있는 사람이 아니고는 불가능한 일이다.

참으로 중년 이후의 인생이란 끊임없는 선택의 연속이다. 어느 한쪽을 두둔하게 되면, 다른 한쪽은 멀어지게 되는 것이 원칙이다. 그러한 선택의 순간에, 사람은 자신의 마음속으로 좋고 싫음에 관계없이 우선 순위를 정하게 된다. 어느 한 가지를 선택하게 되면, 다른 것은 포기하게 되는 현실을 실감하게 된다.

그러나 마음만은 두 사람에게 나누어 주어도, 반으로 줄어들지 않는 유일한 것이다. 두 자식에 대해 부모는 똑같이 걱정한다. 그러나 현실적으로 거기에도 한계는 있다.

내가 그러한 것을 느끼게 되는 경우는 모르는 사람으로부터 책을 기증받는 때이다. 닷새에 한 번 꼴로 시집이나 시조집을 받게 된다면, 나는 일부분이라도 읽어서 감상을 써 보내는 일이 가능할지도 모른다. 그러나 날마다 다섯 권의 책을 받게 되면 내용을 다 읽을 수가 없다. 나의 직업상 읽어야 하는 책조차 미처 읽을 수 없을 정도로 많은데, 예정에 없는 책은 읽고 싶어도 읽을 시간적 여유가 없다.

고마움을 전하는 것에도 마찬가지로 한계가 있다. 자신의 체력, 기력, 일의 양 등을 고려하여, 자신이 가능한 한도와 그 한도를 넘어서는 것을 분명하게 구분짓지 않으면 안 된다. 나는 냉혹한 사람이므로 그러한 일이 가능할 것 같으나, 성실하고 마음이 착한 사람들일수록 그런 일이 불가능하다. "너무나 바쁘고 피곤해서 어쩔 수 없는 노릇이라면, 감사 편지쯤은 쓰지 않아도 괜찮지 않습니까. 진정한 친구라면 감사 편지가 없더라도 화내는 일은 없을 겁니다."라는 말을 들어도, 피곤에 지치고 잠이 부족한 몸을 추스려가면서도 의리 있게 감사 편지를 쓰는 사람들 말이다.

그러나 나는 자신이 지쳐 쓰러질 정도로 감당하지 못할 일을 늘 떠맡는 것이 결코 영리하다고 생각하지 않는다. 누구든 병이 나면 곁에 있는 사람에게 폐를 끼치게 마련이다. 따라서 자신의 몸과 마음을 소중히 지키려 한다면, 어딘가에선 무엇인가를 냉정히 거절해야 하는 실례를 범하게 된다.

중년을 넘어서 노년에 접어드는 무렵이면, 특히 이러한 선택은 더욱 심해진다. 어느 정도 지위도 있고, 교제 범위도 넓어지기 때문에, 인간 관계도 대체로 복잡해지게 된다. 동시에 남아 있는 시간이 점점 더 줄어들고 있다는 것을 느끼게 된다. 더욱이 자신의 남은 시간뿐만 아니라, 딸은 머지않아 시집가게 될 것이고, 아들도 취직하게 되면 지방 근무를 하게 된다. 부모 자식이 함께 사는 기간도 그렇게 길지는 않다. 자신의 생애가 짧아지고 있는 것뿐 아니라, 부모가 생존하실 수 있는 시간도 얼마 남지 않았다. 그러한 것들을 이것저것 생각하다보면 초조해져서 어느 일 하나도 손에 잡히지 않는다고 토로하는 사람까지 생긴다.

단념할 일이다. 가능한 일과 불가능한 일이 있다. 체력과 기력에도 한도가 있다. 단념하고 용서를 구하는 수밖에는 없다. 그런 만큼 아주 짧은 시간이나마 타인이나 가족에게 전념할 수 있는 시간이 생긴다면, 그 순간을 기뻐하며 소중히 하지 않으면 안 된다.

인간은 반드시 어딘가에서는 의리를 저버리고 후회하며 살아가게 된다. 이러한 것은 젊었을 때에는 상상조차 하지 못했던 일이었다.

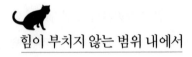

힘이 부치지 않는 범위 내에서

중년이란 분명 분별력이 뛰어난 나이대라는 느낌이 든다.

이를테면 문학 작품을 이해하는 경우, 40세 된 사람보다는 65세 된 사람이 아마도 더 깊이 이해할 수 있을 것이라는 말이다. 아직 체력도 건재하고, 이해력도 절정기에 있으며, 죽음까지는 상당히 긴 시간이 남아 있고, 게다가 가족의 윗세대와 아래 세대가 공존하는 시점에서의 사고 판단은 중층적일 수밖에 없다. 그래서 내 나이 정도가 되면 이미 윗세대가 하나 둘 떠나가고 있기 때문에 판단이 훨씬 수월하게 된다.

그러한 우리가 염두에 두지 않으면 안 되는 것이 있다. 그것은 자신이 시대나 유행에 휩쓸리지 않고 어느 정도의 규모 내지는 스케일의 인생을 살 것인지를 대략 그 무렵에 결정해 두어야 한다는 점이다.

여성지에 종종 세계적인 부호나, 패션계의 거물급 등의 대저택이 소개되는 경우가 있다. 그러한 호화 저택을 보게 되면, 누군가가 그 집을 아름답게 꾸미거나 보존하기 위해 심혈을 기울인 흔적이 역력하다.

하나의 벽면, 한 개의 쿠션, 별다른 생각 없이 아무렇게나 벽 사이에 놓인 것 같은 조각품조차도 그 조각이 아니면 안 되는 엄선을 거쳐 그와 같은 호화 주택이 만들어진다.

큰 계단으로 연결된 루브르 미술관의 중앙 통로에는 머리는 없고 날개가 달린 '니케'의 여신상이 있다. 나는 밀러의 비너스상보다 그 여신상을 좋아하지만, 그것을 장식하려면 그만한 큰 계단과 전면에 시야가 탁 트인 공간, 그리고 통로의 면적 등이 절대적으로 필요하다. 그 정도로 아름다움을 연출하려면 재능과 마음, 또 돈이 필요한 것이다.

나는 능력도 없었지만 그러한 것이 가능했다손 치더라도 그러한 호화 저택을 꾸미는 데 심혈을 기울이는 일은 하지 않았을 것이다. 나는 집에 관해서는 기능만 제대로 되어 있으면 그것으로 만족한다. 볕이 잘 들고, 바람이 통하며, 일을 그럭저럭 할 수 있는 면적, 공사(公私)의 공간이 일단 분리되고, 어느 정도의 방음과 공기 조절이 가능하고, 물 공급이 잘 되는 것 정도면 충분하다. 그러나 이러한 요소들을 다 갖추는 것만도 대단한 사치라는 생각이 든다. 겉모습은 멋지지 않아도 괜찮았다.

우리 집은 생활하기에 편리하며 마음도 편안해지는 그런 곳이다. 딱히 정해진 격식도 없고, 완성되지도 않았기 때문에, 무엇이든 장식할 수 있다. 거실에는 인도네시아의 도자기, 중앙아시아의 접시, 이탈리아의 유리잔, 아프리카의 항아리, 백부의 유품인 중국화 등이 어수선하게 놓여져 있으나, 처음부터 정해진 격식이 없었으므로 대충 제자리에 놓여진 느낌이다. 다시 말해서 이것저것 한데 어우러진 편안함이다.

만일 로코코식 집이었다면, 아프리카의 항아리는 어디다 놓아야 할지 꽤 난처했을 것이다. 다실 풍의 집을 지었는데 금빛 반짝거리는 모양을 새긴 홍차 잔을 내놓게 되면, 구색이 영 맞지 않겠지만, 우리 집이라면 그런 대로 별무리가 없을 것 같다.

나는 사람들과의 교제조차 별다른 노력을 하지 않았다. 유명한 사람과 더욱 친해지려고 마음먹은 일도 없었다. 내가 그러한 사람과 교제를 해야 하는지 어떤지는, 운명과 주변 사람의 배려에 의해 결정되어지는 것처럼 생각되었다. 그러한 경우라도 나는 경제적, 지식적, 사회적으로 무리를 해서라도 상대에게 좋은 인상을 심어주려는 생각은 전혀 하지 않았다. 그랬다가는 뒷일을 감당하기가 어려워지기 때문이다. 있는 그대로의 나의 모습에 상대가 호감을 갖고 선택해주면 사귀지만, 대부분의 경우 선택의 과정은 전적으로 상대에게 맡긴다.

고급스러운 일이건, 하찮은 일이건, 이와 같은 생활 철학을 확고히 갖고 있어야 하는 시기가 바로 중년이다.

지금 내가 살고 있는 집 이야기로 되돌아가면 이 집은 아버지로부터 산 것이다. 무남독녀인 내가 으레 상속받아 마땅한 부모의 집이지만, 아버지가 재혼하시고, 새 부인과 새 집을 사서 따로 살고 싶어하셨기 때문이었다.

내가 사서 인수한 낡은 집은 외풍투성이의 구식 건축이어서, 나는 추워서 견딜 수가 없었다. 겨우 경제적으로 여유가 생겼을 때—지금으로부터 30여 년 전의 일이지만—우리 부부는 집을 새로 고쳤고, 그 후 10여 년이 지나 서재를 만들고, 다시 부엌 주변을 개수했다. 그런 후에 남편은 내게 선언했다. 더 이상 이 집에 손을 대지 않겠다고. 우리와 마찬가지로 이 집이 나이 들고 낡아빠지게 되면, 우리들이 죽었을 때 마음놓고 허물어 빈 터가 되면, 누군가 그 다음의 이용을 생각하게 될 터이므로.

나도 전적으로 찬성했다. 우리 집은 공·사의 공간이 잘 분리되어 있고, 사용하기 편리하였다. 내가 사용하기 편하다면, 그것으로서 불만의 소지는 없다.

나는 실은 사치스러운 편이었다. 젊었을 때부터 해변가에 살기를 늘 소원했으니까. 그래서 도쿄의 집을 고치기 전에, 그때까지 누구 한 사람 살지 않았던 미우라(三浦) 반도에 접한 대지에다가 개척자처럼 집을 지었다. 그것 역시 30여 년 전의 일이었다. 그것은 별장이었지만, 세상 사람들의 상식과는 다르게 나는 꽤 자주 사용했다. 일 년에 정확하게 두 달은 그곳에서 지냈고, 원고를 쓰며, 조금이라도 시간이 나면 밭에 나가곤 했다.

나는 그 밭에 감귤류, 키위, 차, 감, 두릅나무, 으름덩굴 등 닥치는 대로 여러 가지를 심었다. 꽃도 이것저것 많이 심었다. 전문가에 비해 1.5배의 시간이 걸렸으나, 내가 심은 모든 것들도 뒤늦게나마 열매가 열리고, 꽃이 피기 시작했다. 계산 상으로는 결코 원가를 건졌다고는 할 수 없지만, 우리 집 식탁 에는 항상 밭에서 갓따온 신선한 야채로 늘 풍성하였다. 남편 은 구두쇠였으므로, 아내의 취미 생활에 들어간 비용이 완전 히 없어지는 것이 아니라 식비를 한푼이라도 줄여주고 있기 때문에 한 마디 불평하는 일은 없었다.

나는 내 돈으로 가족이 인정하는 범위에서라면, 사치를 부 릴 수도 있다고 생각했다. 돈에 대해서는, 전에도 쓴 적이 있 는 것처럼 '내 돈은 내 것, 남편의 돈도 내 것'이란 생각이었 으므로, 돈 문제로 부부 사이에 다툰 적은 없었다. 그러나 커 다란 액수의 지출은 역시 가족의 동의하에서 사용하고 싶었 다.

지금까지 내가 가장 큰 지출을 했던 것은, 사하라 사막 종 단 여행을 했던 때였다. 그것은 내가 일생에 한 번은 꼭 해보 고 싶었던 것이었다. 긴자(銀座)는 혼자서 갈 수 있지만, 사하 라 종단 여행은 혼자서는 불가능하다. 그래서 여섯 명이서 함 께 떠났는데, 비용의 대부분은 제일 연장자이자 마침 수입도 많았던 내가 부담하는 것으로 했다. 두 대의 특수 장비를 갖 춘 지프차 구입에 대부분의 비용이 들어갔다.

단지 돈이 있다고 그러한 여행이 가능한 것도 아니라는 사 실을 나는 잘 알고 있었다. 기본이 되는 것은 우정이다. 사하 라 종단 여행은 우리 여섯의 사이를 결코 벌려놓지 않았다. 우리 여섯은 지금도 종종 만나기만 하면, 술을 마시며 서로 대 놓고 험담을 주고받곤 한다. 그때부터 나는 돈을 꼭 쓸 필요가 있다고 생각되는 것에는, 가족이나 주위 사람, 세상 사람에 대해서 감사하는 마음을 갖고 쓰기로 마음먹었다.

"몇 십 년 동안, 술값으로 돈을 쓴 일도 없었으니까."

이것이 그 당시의 내 변명이었다. 내가 젊었을 때는(지금도 아마 마찬가지이겠지만) 남자 작가들은 해가 지면, 어김없이 긴자나 신주쿠에 떼 지어 몰려나가곤 했다. 그중에는 그 당시 술값으로만 한 달에 백만 엔 정도를 지출한다고 소문난 사람도 있었다. 나도 이럭저럭 수입은 조금 늘어났지만, 술집에도 출입하지 않았고, 다른 여류 작가들처럼 옷에 많은 돈을 낭비하는 일도 없었다.

나와 같은 생활 방식이 좋다고 하는 것은 아니다. 하루하루 열심히 살아가는 술집 여주인들을 나는 꽤 많이 알고 있고, 또 그런 사람들을 떠올리게 되면, 나도 술집 출입을 했어도 괜찮지 않았을까 하는 생각도 든다. 또 성실하게 장사하며 살아가는 기모노 집 주인을 생각하면, 나는 기모노를 몇 벌 더 사 입었어도 좋았을 것 같다. 하지만 나는 다른 것은 다 못하더라도 사막에는 꼭 가고 싶었다.

"부인이 사하라 사막에 가신다면서요?"

그 당시, 다른 사람들로부터 이런 말을 들을 때마다 남편은,

"사막에 가면 신이 보인다고 그러더군요. 그러나 사막에 가지 않으면 신이 보이지 않는다는 것은, 뭔가 생활이 편하지 않다는 것이겠지요."

하면서 웃어넘겼다.

남편은 자칭 꼼짝하기를 싫어하는 게으름뱅이이며 구두쇠이므로, 나처럼 여행은 하지 않는다. 그러나 그는 한 인간으로서의 나의 희망을 가능한 범위 내에서 들어주었다. 부부 두 사람 모두, 저축만이 유일한 즐거움이 되어버린다면, 그것도 왠지 재미없는 일이라는 것을 남편은 잘 알고 있었을 것이다.

이것은 나의 독선적인 생각일지 모르지만, 인간이 어느 한 가지를 취하면서 다른 한 가지를 포기하면, 왠지 용서받을 것 같은 느낌이 든다는 것이다. 이것저것 죄다 욕심을 부리는 것은 잘못 같다. 그러나 타인에게 폐를 끼치지 않는 범위 내에서 하고 싶은 일을 하는 것은 세상 사람으로부터 '무모한 취미' 정도로 용인되는 경우가 많은데, 그 어떤 것이든 분명히 해야 하는 것이 중년 이후인 것이다.

자녀 교육에 모든 것을 투자하는 부모들은 그들 나름대로 훌륭한 선택을 한 것이다. 내 주위에는 흐뭇하게도 둘, 셋의 자녀를 둔 중년 부부가 얼마든지 있다. 세 명의 아이가 고등학교, 대학에 진학하는 무렵은 어느 가정이든지 전쟁을 방불케 한다. 차에서 내려 집까지 운반하는 것만도 힘들 정도로 무거운 십 킬로짜리 쌀을 사와도 눈 깜짝할 사이에 동이 나고, 다음 날 아침까지 먹을 요량으로 전기 밥솥 한가득 해놓은 밥을, 한밤에 허기를 건디다 못해 누군가가 먹어치워 다음 날 아침 식사에 차질이 빚어지기도 한다. 스키야키용 고기도 오백 그램짜리를 잘게 썬 것으로 세 팩을 사와도 왠지 모자란 듯하다. 그 무렵의 어머니는 블라우스나 스커트 하나 사는 것조차도 힘에 벅차다. 조금 멋진 액세서리 하나 사고 싶어도 입학금, 학원비를 생각하면 엄두가 나지 않는다. 그러나 그런 얘기를 들어도 역시 훌륭한 선택을 했다고 나는 생각한다.

사업을 무한정으로 크게 늘리고 싶어하는 사람이 세상에는 종종 있다. 내게 있어서 가장 이해할 수 없는 정열이 바로 그것이다. 점포 수가 늘고 사업의 규모가 커지게 되면, 반드시 어디에선가 경리가 엉성하게 되거나 종업원의 수가 부족하든지 남아돌게 된다. 그러나 종업원의 수를 적당하게 유지하는 것도 여간 힘든 일이 아닐 것이다. 버블 경제 때에는 늘 일손이 부족했다. 일손이 부족한 상태로 서비스업을 한다는 것은, 생각만으로도 밤에 잠이 안 올 정도로 정신적으로 피곤한 일이다. 그러던 일손이 최근에는 남아돌고 있다. 고용한 사람 입장에서는 마땅한 일 없이 그저 서성이는 종업원을 보는 것도 속상한 일일 것이다. 세상 돌아가는 구조를 이미 충분하게 잘 파악하고 있을 것으로 짐작되는 대기업들이 버블 경제의 붕괴로 이곳 저곳에서 많이들 큰 타격을 입는 것을 보면, 결국은 충분히 인식하지 못했던 사람도 있었던 것 같고, 자신의 사업 수완을 과신해, 어떻게 해서든지 잘 해나갈 수 있을 거라고 자부하고 있었는지도 모르겠다.

묘 하나에도 가족이나 호주의 취미가 짙게 배어난다. 사업이 가장 번창하던 최고 전성기 때 만든 묘는 너무 근사해서 저세상에 갔더라도 변함없이 사회적인 권세를 과시하는 것처럼 보일 적이 있다. 나는 저세상에서도 또 한번 마음 편안하게 정다운 가족과의 재회나 단란함을 즐기고 싶기 때문에, 묘도 아담하고 편안한 것이 좋다. 그러나 아주 근사한 묘를 만드는 것이 무엇보다도 조상에 대한 최대의 공양으로 생각하는 사람들도 있기 때문에, 내 취향대로 세상사를 생각해서는 안 될 것 같다.

나는 버블 시대에도 투자 같은 것은 하지 않았다. 그러나 검소한 성격은 아니었으므로, 사하라에 가고 싶었던 때처럼 내가 쓸 필요가 있다고 생각되는 것은, 다른 사람이 사치라고 느낄 만한 것에도 내 마음대로 돈을 쓰는 일도 있었다. 그처럼 내 마음이 내키는 대로 행동을 할 수 있었던 것에 대해, 나는 나의 가족과 운명과 나의 조국, 그리고 신에게도 깊이 감사하고 있다. 나는 항상 감사할 따름이었다. 당연하다고 생각한 것은 단 한 가지도 없었다. 어느 것 하나 부족함 없이 풍족하게 갖추고 있으면서 불평만 하는 사람도 있지만, 나는 이 정도의 많은 혜택을 누리고 있기 때문에 적어도 다른 사람을 위해 무엇인가를 단념하지 않으면 안 된다고 늘 스스로에게 다짐할 정도였다.

일에서나 취미에서나 자신이 즐길 수 있는 실제 생활의 규모에서나 자신의 힘에 벅차지 않도록, 그 범위를 현실적으로 현명하게 인식하고 결정할 수 있는 기력과 체력은 오직 중년에만 있는 것이다.

인간임을 포기하지 않는 사람

중년 이후에 가장 중요한 요소에 대해 언급하면서 이 글을 마치고자 한다.

전에도 쓴 적이 있지만, 건강도 그중 한 가지일 것이다. "이 정도쯤은 아무런 문제 없어"라고 큰소리치면서 마음껏 담배도 피고 술도 마시는 사람은 분명 일찌감치 건강을 해치고 있다는 생각이 든다. 약간 말랐거나, 살찐 것에 일일이 신경을 곤두세우며 걱정할 필요는 없겠지만, 지나칠 정도의 몸의 노화나 이상 징후는 분명 당사자의 책임인 경우가 많다.

이상이 나타나 곧바로 죽게 되면, 문제는 그것으로 끝난다. 그러나 발병하여 몸이 부자유스럽게 된 채 회복되지 않으면, 그것은 자신에게 커다란 부담이 된다. 흔히 듣는 이야기지만, 냉동 식품이나 외식을 계속하면서 건강을 유지할 수는 없는 것이다. 인간은 역시 소박하게 자신이 손수 삶거나 볶거나 해서 만든 음식을 먹으면서 살아가는 것이 좋은 것이다. 옛부터 늘 그러했던 것에는 그만한 의미가 있을 거라는 생각이 든다.

이제부터 우리들은 의무적으로라도 병에 걸려서는 안 된다. 의료 보험료를 꼬박꼬박 내고 있기 때문에, 병원의 약을 타먹지 않으면 손해라고 생각하는 어리석은 노인들이 어느 시대에나 있게 마련이지만, 가능한 한 내가 지불한 의료 보험료의 덕을 보는 일 없이 살아가고 싶다. 내가 지불한 보험료를 내가 사용하지 않고, 타인에게 얼마만큼 최대한 돌아가게 할 것인가 하는 것을 한 가지 취미로 하고 싶다는 생각을 하고 있다.

그러나 중년 이후에 가장 중요한 것은 무엇보다도 '덕망 있는 사람이 되는 것' 일 것이다.

요즈음 사람은 옛날 사람이 상상할 수 없을 정도로 멋쟁이가 되었다. 나의 어머니 세대에서 여성은 육등신이었다. 내 시대에는 칠등신이나 팔등신이었고, 요즈음의 여성들은 구등신이나 십등신이 되었다.

옛날에는 장딴지 한가운데가 엄청나게 굵은 무 다리라는 것이 실제 있었다. 그러나 지금은 시장에서도 유명한 군마(練馬) 무든, 미우라(三浦) 무든, 무 자체가 날씬한 모양이 되었고, 그와 동시에 여성들의 각선미도 늘씬하게 쭉 뻗어 보기 좋게 되었다.

몸에 걸치는 것도 유명 브랜드 제품에 열을 올리는 것은 좋지 않지만, 나름대로 잘 소화해서 세련되게 옷을 입게 되었다. 외관상의 세련미는 대부분의 사람이 거의 최고의 수준에 이르게 되었다고 할 수 있다.

하지만 그러한 세련미에도 눈꼴 사나운 면이 있다. 다리가 더욱 길어 보이는 스커트 길이란, 옛부터 정해진 법칙이 있으나, 그것을 무시하고 복사뼈까지 닿을 정도로 무한정 긴 스커트를 입고 치렁치렁 끌고 다니는 고교생도 있다. 전철 안에서 커다란 거울을 꺼내 화장을 하는 고교생을 보면 '그의 부모가 어떤 사람인지 궁금하다'고 생각하는 사람이 많을 것이다. 그런 학생들에게는 자신의 인품을 은은하게 드러내는 절제미가 결여되어 있기 때문일 것이다.

외면의 아름다움에 치중하면 할수록, 내면의 아름다움은 그만큼 추해지고 만다.

중년 이후, 외모는 온통 나빠지는 것들투성이다. 삼단 복부, 이중 턱, 구부정한 등, 흰머리, 대머리, 피부의 늘어짐 등, 그 밖의 이런 저런 것들이 결코 좋은 방향으로는 나아가지 않는다. 그때 불가사의한 빛을 더해주는 것은 오직 덕뿐이다.

넓은 의미에서 덕이란, 우리들이 매일 바라보는 하늘과도 같다. 그곳에서 모든 인간의, 인간만이 갖고 있는 불가사의한 광채가 빛을 발하고 있다. 빛은 인생의 황혼에서, 밤이 가까워진 무렵에야 비로소 빛을 발하는 것이 당연한 것이리라.

나는 최근에 시를 쓰게 되었다. 신인이므로 발표할 정도로 작품이 완성되어 있지는 않다. 죽을 때까지 감춰둘까 하는 생각도 했으나, 그런 허세를 부릴 정도의 나이도 아니고, 또한 그것은 내 스스로도 올바르지 않다는 생각이 든다.

이 두 편의 시가, 내가 이 책의 맨 끝부분에서 말하고 싶었던 것을 부분적으로 대변해줄 것 같은 생각에 부끄러움을 무릅쓰고 나의 처녀시를 인용하기로 한다.

인간임을 포기하지 않은 사람

길게 자란 파마 머리의 안쪽 뿌리 끝에
염색 안 된 흰 머리카락이 무참하게 뻗어 나와 있어.

아 저 사람은 여자임을 포기했나보다.
그래서 다 시들은 나뭇잎 모양의
재색 폴리에스테르 블라우스를 입고,
거기에 짤뚝한 바지를 입고,
게다가 닳아빠진 구두를 신고,
안짱다리를 하고 앉아 있구나.
그때 마침 어린아이를 품에 안은 젊은 여인네가
그와 조금 떨어진 곳에서 등 돌리고 밖을 보며 서 있는데,
재빨리 일어나 젊은 여인에게 자리를 내준다.

여자임을 포기했어도 인간임을 포기하지 않은 사람.

남성이나 동성의 관점에서 보더라도, 여성으로서 어디 하나 전혀 매력을 찾아볼 수 없는 사람이라 하더라도, 인간임을 포기하지만 않는다면, 바로 그 빛은 드러나게 마련이다. 그리

고 종종 얄궂게도 외면적인 매력이 사라진 후에야 비로소 인
간으로서의 영적인 광채가 강렬하게 빛을 발하게 되는 법이
다.

문무 양도 (文武 兩道)

전철을 타자마자,
생전 처음 보는 사람의 직업을 이것 저것 추측해보고,

부모를 상상해보고, 세상 떠난 남편을 떠올려보고,
기르고 있는 개를 짐작해보고,
'가라오케는 좋아할까' 하는 생각도 해본다.

좋게 나쁘게 이리 저리 꿰맞춰봐도
전혀 맞지 않는 부질없는 짓.
참 할 일도 없지.

남자는,
듬성듬성 빠진 머리카락에, 옷깃이 구겨진 폴로 셔츠.
얼굴형은 길다랗게 아래가 불룩 튀어나온
무표정의 우스운 간장통 모양
구월이라 셔츠가 낡아 구질구질한 것은 그렇다고 쳐도,
내가 태어난 달이라 온통 색이 바랬어도 어쩔 수는 없지만,
그러나 조금 더 빤히 쳐다보니,

튼튼한 케이스에 넣은 라켓을 다리 사이에 끼운 채,
책을 읽고 있었다.

슬그머니 엿보니, 내 친구 쓰무라 세쓰코(津村節子)의 단
편집.
아 이 사람, 文武兩道.

그 허름한 폴로 셔츠를 입은 남자는 전철 안에서도 전혀 눈
에 띄지 않는 존재였다. 풍채도 돋보이지 않았거니와 멋을 부
리지도 않았다. 그러나 그의 몸에는 단정한 생활의 자세가 배
어 있었다. 그것은 항상 육체와 정신을 녹슬지 않게 하려는,
분명하고도 강인한 의지와 같은 것이리라. 그러한 의지가 평
범한 외양을 뚫고나오는 듯, 왠지 모르게 눈에 띄었다.

전철 안에서 만화 잡지나 스포츠 신문이나 경마 신문을 읽
으면 안 된다는 것은 아니지만, 그러나 그런 모습은 정신의
'올바른 자세'를 보여주지는 않는다.

그 남자는 쓰무라(津村)나 내 세대보다는 훨씬 젊었다. 기
분이 흐뭇해져, "쓰무라 세쓰코(津村節子)의 소설 어느 부분
이 마음에 드십니까?" 하고 물어보고 싶었지만, 짐작해볼 수
밖에는 없었다. 그러나 그는 적어도 단정한 생활 습관이 몸에
밴 사람일 거라는 생각이 들었다.

중년 이후는 스스로를 충분히 규제하지 않으면 안 된다. 자
신에게 견고한 재갈을 물리고, 자신의 페이스로 엄격하게 자
기 자신을 다스리지 않으면 안 된다.

더 이상, 결과를 다른 사람의 탓으로 돌릴 수 있는 그런 나이가 아니다. 통상 보통 사람이라면, 부모와 따로 떨어져 생활했던 시간이 길었을 것이다. 부모가 어떠한 사람이든, 부모와 헤어져 있던 기간 동안에, 스스로를 충분히 키워나갈 수 있었던 시간도 분명 있었을 것이다.

만에 하나 중년 이후가 이기적이라면, 그것은 정말로 유치하고 추하며 그야말로 맥빠지는 노릇이다. 노년이란 자기 자신뿐만 아니라, 다른 사람을 충분히 생각할 수 있는 나이다. 자신의 운명뿐만 아니라, 다른 사람의 운명까지도, 만일 물살에 휩쓸려 떠내려가고 있다면, 어떻게 해서든 구원의 손길을 뻗쳐 살려내어야만 하는 연령인 것이다.

나는 이미 수십 번도 더 '덕'을 나타내는 '아레테'라는 고대 그리스 말이 '용기' '봉사' '탁월'과 똑같은 말이라고 써 왔다. 내 수필을 읽는 독자들이 극히 소수라 생각되어지므로, 내가 그 말을 한 번 더 반복하는 것을 이해해주기 바란다. 중년이 되었어도, '봉사'할 마음을 조금이라도 갖지 않는 사람은 덕이 없는 사람이다. 덕이 없다는 것은 탁월하지 않다는 증거이다. 적어도 그리스 사람은 이미 수천 년 전부터 그렇게 생각했다.

중년이 되었어도, 자기 나름의 확신을 갖고 뭇사람에게 다른 의견을 주장하거나, 다른 행동을 할 용기를 갖고 있지 못한 사람은 덕도 없는 것이다. 이에 대해 그리스 사람들은 덕이 없으니 당연히 탁월하지도 않다고 생각하였다. 이 위대한 연동적인 사고에 나는 압도당하고 말았다.

토마스 아퀴나스는 덕을 지성의 덕과 의지의 덕(도덕적 덕)으로 구분했다. 지성의 덕은 이해, 지식, 지혜, 사려 분별의 네 가지로 다시 구분하였다.

한편 도덕적 덕에는 정의, 중용, 용기라는 세 가지 특징이 있다. 어느 것 하나를 보더라도, 중년 이후가 독무대라고 해도 과언이 아닐 정도로 중년 이후의 특징들을 잘 대변해주고 있다. 사람은 제대로 성실하게 생활하기만 하면, 그 나름대로 자연스럽게 이해도, 지식도, 지혜도, 사려 분별도 자신의 나이만큼 늘어나게 되어 있다. 건실한 생활을 하지 않으면, 그만큼 노화도 빨리 오게 되므로, 그 나이에 맞는 자연스런 혜택을 누릴 수 없게 되는 것이다.

정의란 타인에게 갚아야 할 빚(신세)을 자각하는 것이다. 우리들은 알게 모르게 많은 사람들의 도움을 받으면서 성장한다. 부모, 가족, 은인, 선생님, 고향 사람, 사회, 조국 등등 열거할 수 없을 만큼 많다. 그들에게 진 빚을 갚는 것이 정의라고 토마스 아퀴나스는 규정하고 있다.

젊었을 때는 빚이니, 신세니 하는 말 등을 조금도 의식하지 못했다. 내가 대학에 다닐 때 학비를 대주신 분은 백부였다. 백부가 돌아가신 후, 수십 년이 지나서야 비로소 나는 그러한 것은 아무나 할 수 있는 예사로운 일이 아니라는 것을 깨달았고, 백부의 깊은 뜻을 이해하게 되었다. 그래서 하다못해 백부의 아들에게라도 내가 진 신세를 갚아야겠다는 생각을 하게 되었다. 그러나 그러한 일은 젊었을 때는 생각조차도 할 수 없었던 일이다.

중용이란 격정을 가라앉히고 이성을 따르게 하는 것이고, 용기란 이에 반해 공포를 제압하고 이것도 역시 이성을 따르게 하는 것이라고 토마스 아퀴나스는 말했다.

이것을 요즈음 말로 표현한다면 인간이란 기능의 하드웨어 부분이 아닌, 소프트웨어 부분일 것이다. 청춘 시절에 인간은 하드를 완성하고, 중년 이후에는 풍부한 소프트를 준비한다. 어느 날 갑자기 소프트가 될 수 있는 것도 아니고, 하드만 있고 소프트가 없다면, 인간의 기능은 제 구실을 다하지 못하고 만다.

덕이야말로 인간이 완전하게 제 기능을 발휘하게 하는 힘인 것이다. 즉, "사려 분별이란 이성 그 자체를, 정의란 의지를, 중용이란 정신의 욕정적 부분을, 용기란 정신적 분노의 감정을 완성시킨다"고 한다.

생각해보면 인간의 생애란 대충대충의 어설픈 사고로는 완성되어지는 것이 아닌 것 같다. 오랜 세월 동안 늘 마음을 쓰며 노력하다 보면, 조금씩 조금씩 완성되어지는 것 같다. 당연한 것이지만, 결국 그러한 완성이란 중년 이후에야 가까스로 제 모습을 드러내게 된다.

그와 같은 더딘 인생의 완성 과정을 나는 진정으로 감사하고 싶다. 완성이 뒤늦게 찾아오게 되는 것은, 인생이 '살 만한 가치가 있었다'고 말할 수 있도록, 그 과정을 차분하게 음미할 수 있도록 하기 위함일 것이다. 너무 빨리 완성되면 죽을 때까지 따분하고 무료해지고 만다. 나는 중년 이후가 되어서야 비로소 이러한 운명의 깊은 배려를 깨달을 수 있었다.

옮긴이 후기

   수년 전 일본의 홋카이도(北海道)를 여행할 때의 일이었
다.

  아사히가와(旭川)에서 기타미(北見)를 거쳐, 여간 운이 좋
지 않으면 늘 짙은 안개 때문에 그 맑고 아름다운 호수를 좀처
럼 보기 힘들다는, 아캉코(阿寒湖)와 마슈코(摩周湖)를 구경
하러 가는 길이었다.

  단풍이 화려하고 멋진 시월 말 늦가을 저녁, 기타미 시에서
외곽으로 벗어난 일차선 작은 도로를 달리던 중이었다. 부슬
부슬 내리던 빗방울이 점점 굵어져 장대비로 변하면서 차창
밖을 한치 앞도 분간할 수 없게 되었고, 가로등 하나 없는 주
위는 어느새 칠흑의 어둠 속으로 빠져들고 있었다. 일차선 도
로의 바로 옆은 깊게 패인 논두렁, 뒤에서 계속 달려오는 차들
때문에 잠깐 차를 세울 수도 없는 상황이었다. 좋지 않은 일
은 한꺼번에 일어난다고 했던가? 그때 본네트에서 갑자기 검
은 연기가 새어나오기 시작했다. 조금씩 나던 연기가 이상한

굉음 소리와 함께 어느새 차를 시커멓게 뒤덮고 있었다. 순간 곧 폭발할 것 같은 무서운 예감이 엄습했다.

비가 억수같이 쏟아지던 쌀쌀한 늦가을의 깜깜한 밤, 낯선 이국의 초행길에서 한 여행자에게 벌어진 순식간의 일이었다. 더 이상 차를 몰 수는 없었다. 도로 한쪽에 차를 세워놓고, 사고 표시판을 세우고 사고등을 켜놓았다. 온몸이 비에 젖고 겁에 질려 춥고 떨려왔다. 차들이 쏜살같이 달리는 좁은 도로 위에 잠시 서 있는 것에서조차도 생명의 위태로움을 느꼈던 절망의 순간이었다.

몇 대의 차들이 그냥 지나쳐 가버리고 난 얼마 후, 조그만 차 한 대가 내 차 뒤에 멈춰 섰다. 그리고 중년 나이쯤 되어 보이는 한 남자가 차에서 내려 내게 다가왔다. 나는 그에게 눈앞에서 벌어진 일의 자초지종을 대충 전하고 도움을 구했다. 그 사람은 시내에서 일을 마치고 집으로 돌아가는 길이었고, 마침 그 근처에 친한 친구가 살고 있으니, 일단 친구 집으로 가서 몸을 녹이고 난 후에 차를 고쳐보자고 했다. 나는 그를 따라 캄캄한 논길을 한참 걸어 자그마한 낡은 목조 건물 안으로 들어섰다. 조그마한 방과 부엌이 붙어 있는 비좁은 내부였다. 연세 지긋하신 노 부부와 중년의 부부 내외 그리고 손자, 손녀가 막 저녁상을 물린 뒤였다. 나는 따뜻한 차 한 잔을 받아 들고, 춥고 떨리던 몸을 녹일 수 있었다. 중년의 두 남자는 잠깐 기다리라며 밖에 나가서는 한참 만에야 비에 흠뻑 젖어 돌아왔다. 차의 에어컨에 문제가 있었다며, 에어컨 선을 끊어 났으니 괜찮을 거라고 했다. 고맙다는 인사말 몇 마디로 적당히 얼버무리기에는 도저히 예의가 아닌 듯했고, 또 한없이 부끄럽고 미안한 일인데, 딱히 나의 마음을 전할 묘안이 바로 떠오르지 않았다. 내가 부족하고 어설픈 인사를 몇번이고 되풀이하며 집을 나서자, 그 평화롭고 소박한 시골집의 가장인 그 남자가 등 뒤에서 나즈막한 목소리로 내게 말했다.

"부처님의 말씀대로 한 것일 뿐, 그 외엔 아무것도 아닙니다. 아무쪼록 즐거운 여행이 되시기 바랍니다."(佛様の教えの通りにしただけで，それ以外の何ものでもありません．この先も樂しいご旅行を．)

마치 꿈을 꾸고 있거나, 영화나 연극 속의 한 장면 같았다. 우연이라 하기에는 정말로 믿기 어려운 거짓말 같은 현실이었다.

한 사람을 두고두고 눈물겹도록 감동케 하는 그런 따뜻하고 정감어린 말 한마디라도 누군가에게 건넨 적이 있었던가? 단 한 사람이라도 좋으니 생면부지의 낯선 사람에게 그런 아름다운 친절을 베푼 적이 있었는가? 그처럼 아름답고 멋진 인생을 살아가고 있는가? 그날 이후 가끔 나는 내게 묻는다.

참 이상한 일이었다.

지난 해 가을《마흔 이후, 나의 가치를 발견하다》를 번역하는 내내 나의 머리 속에는 '홋카이도에서 생긴 일'과 '그 아름다운 중년 남자의 모습'이 오버랩되면서 바로 엊그제 일처럼 생생하게 떠오르곤 했다.

나는 믿는다.

가늘고 희미한 한 줄기 빛조차 전혀 보이지 않는 캄캄한 절망 속, 이젠 포기해야 하는 것 아닐까 하고 괴로워하며 피곤하게 지친 인생에서도 가끔은 생각지도 못했던 기적처럼 믿을 수 없는 드라마가 일어날 수 있다는 것을.

그리고 또 나는 믿지 않는다.

인생은 생각대로 되어지는 것이며, 어떠한 인생이든 하나 더하기 하나는 둘이 된다는 것을.

살아가면서 날마다 새로운 많은 사람들을 만날 수 있다는 것이 여간 즐겁고 고마운 일이 아닐 수 없다. 생각해보면 값진 선물과도 같은 기분 좋은 일이며 하루하루 살아가는 힘이 된다.

금년도 벌써 많은 사람들과 첫 인사를 주고받았다.

소중한 사람들이다. 그들에게 한없이 감사한다. 또 세상의 많은 독자들과의 만남을 주선해준 도서출판리수와의 인연에도 감사드린다.

끝으로 이 책을 통해 이 시대를 살아가는 많은 이들이 아름다운 중년, 아름다운 인생을 느끼고 설계하는 데 조그마한 위안과 도움이 될 수 있었으면 하고 소망해본다.

2002년 3월
오경순

옮긴이 **오경순**

일본어 전문 번역가, 고려대학교 강사, 고려대학교 일본학연구센터 연구원.
《번역투의 유혹》,《한국인도 모르는 한국어》를 집필하였으며,
옮긴 책으로《나는 이렇게 나이들고 싶다—소노 아야코의 계로록》,
《좋은 사람이길 포기하면 편안해지지》,《세상의 그늘에서 행복을 보다》,
《오늘 하루도 감사합니다》,《성 바오로와의 만남》,《덕분에》,《녹색의 가르침》,
《여자가 말하는 남자 혼자 사는 법》,《날마다 좋은 날》 등이 있다.

마흔 이후
나의 가치를 발견하다

1판 1쇄 발행 2002년 4월 1일
1판 5쇄 발행 2003년 6월 9일
2판 1쇄 발행 2005년 9월 3일
2판 4쇄 발행 2010년 6월 21일
3판 1쇄 발행 2012년 1월 12일
3판 4쇄 발행 2020년 7월 1일

지은이 소노 아야코
옮긴이 오경순

펴낸이 김현정
펴낸곳 도서출판리수

등록 제4-389호(2000년 1월 13일)
주소 서울시 성동구 행당로 76 110호
전화 2299-3703
팩스 2282-3152
홈페이지 www. risu. co. kr
이메일 risubook@hanmail. net

ⓒ 2002, 도서출판리수

ISBN 978-89-90449-84-9 03830
※책값은 뒤표지에 있습니다.
※잘못 제본된 책은 바꾸어 드립니다.

이 책은 《행복하게 나이드는 비결—소노 아야코의 중년이후》의 개정판입니다.